AF350478

Tome 1

Au-delà des apparences

Le passé a forcément des conséquences sur l'avenir, je ne fais pas exception, les miennes me mènent tout droit dans un centre psychiatrique. J'espérais y retrouver l'amour, le seul et l'unique, avec l'homme qui m'a fait passer la plus belle période de ma vie, et enfin pouvoir reprendre notre relation là où elle s'était arrêtée. Sauf que tout est bien plus compliqué que prévu. Tout a changé.

Une rencontre déroutante va tout remettre en question, en plus de m'ouvrir les yeux. Puis-je réellement oublier toutes ces années ? Et si chaque personne qui croisait ma route ne faisait que semer des embûches sur mon chemin ? Qui croire ? En qui avoir confiance ?

Je ne suis qu'un petit oiseau qui a besoin qu'on lui apprenne à voler. Tout le monde a toujours attaché mes ailes, mais aujourd'hui je suis prête à les déployer.

Romantic Suspense

Contient des scènes de relations explicites, de viol, de violence, de torture et de meurtre. Ne convient pas à un jeune public.

Cette histoire est une fiction. Les personnages, lieux, péripéties ne viennent que de l'inspiration de l'auteur. Toute ressemblance avec des situations existantes serait inopinée.

Montage couverture : Julie Fouret

E-mail : Thaniaodyne@gmail.com

ISBN : 979-10-96798-18-6

Chapitre 1

Ambre

Mon premier jour... Ça y est, j'y suis ! J'ai tellement attendu ce moment que je n'arrive pas à réaliser que ce soit vrai.

Après toutes ces années, j'atteins enfin mon but ultime.

Ce fût long et difficile, mais je n'ai jamais abandonné mon objectif. Malgré les doutes et les difficultés, j'arrive enfin au but.

Je suis fière de mon parcours. Il m'a toujours dit que jamais nous ne nous rêverions, que sa carrière passait avant tout et que notre histoire devait s'arrêter. La distance n'était pas supportable pour notre couple.

Sauf que cinq ans plus tard, je l'ai retrouvé. Il se trouve actuellement dans le même bâtiment que moi. Seuls quelques murs nous séparent, mais je ressens déjà sa présence. Il ne m'attend pas, pourtant je suis sûre que ma surprise le ravira. Il était tellement désemparé au moment de me quitter... J'ai compris que son travail était important pour lui, c'est pour cette raison que j'ai œuvré toutes ces années. Mon seul but a toujours été de retrouver l'amour de ma vie...

Deux femmes en blouse blanche me détaillent vaguement avant de s'approcher de moi.

Cet endroit m'est encore inconnu, je me sens un peu perdue. Je suis tellement pressée de visiter les lieux et surtout de le voir, le toucher, retrouver notre complicité... Je l'aime comme au premier jour, rien n'a changé. Nous sommes des âmes sœurs.

— Bonjour Ambre, le trajet s'est bien passé ? me demande l'une d'entre elles qui se nomme Rebeca, d'après le badge accroché au niveau de son cœur.

Je la fixe dans les yeux et lui souris, tout est toujours plus facile avec un sourire. Je l'ai appris avec le temps. On obtient plus vite la confiance d'autrui.

Il est vrai que j'ai parcouru de nombreux kilomètres et commence à en ressentir la fatigue. Nous nous trouvons dans le Vaucluse. Une région que je ne connais pas et que je n'aurai sûrement pas l'occasion de découvrir. Mais peu importe où je me trouve, tant que je suis près de lui, tout me va.

Je fais un signe de tête à Rebeca qui me sourit en retour et me montre le couloir à suivre. Je m'y engouffre en observant tout ce qui m'entoure. Il est uniquement constitué de plusieurs portes dont l'une d'entre elles est ouverte.

— Je t'ai préparé une tenue, ici tout le monde porte la même...

Je sais déjà comment ça se passe, elle ne m'apprend rien, mais je continue de lui montrer mes dents bien alignées.

La pièce n'est pas très grande et est assez dépouillée. J'avise le petit lit et sans plus attendre, je me déshabille pour enfiler un pantalon et un tee-shirt bleu portant le logo de l'établissement. Il n'y a pas de miroir pour voir de quoi j'ai l'air, j'espère que je ne suis pas trop moche comme ça… Je dois lui plaire ! Lui rappeler à quel point il me trouve belle, excitante…

— Est-ce que vous voulez vous reposer ou rejoindre les autres pour que nous vous expliquions le fonctionnement ?

Je prends le temps d'observer cette femme. Si je dois la côtoyer, autant que je sache à quoi m'attendre. De premier abord, elle m'a l'air gentille, mais si elle travaille ici, elle doit connaître des techniques pour se faire apprécier alors je reste méfiante.

Ses cheveux blonds sont attachés en chignon et sa tenue impeccable me dit qu'elle doit être maniaque. Tout chez elle est tiré à quatre épingles, on dirait ma mère…

Je ne sais pas pourquoi celle-ci s'invite dans mon esprit sans que je le lui aie demandé et repousse immédiatement son image. Elle ne m'a jamais comprise et jamais aidée, j'ai toujours dû me débrouiller sans elle et je suis fière d'y être arrivée.

— Je veux bien rejoindre les autres…, soufflé-je.

Rebeca récupère mes vêtements laissés par terre avant de m'attendre dans le couloir.

Je suis bien trop impatiente. J'ai besoin de voir son visage s'illuminer lorsque je me trouverai face à lui. Ce n'est qu'à ce moment-là que je réaliserais que je l'ai enfin retrouvé. Il m'a tellement manqué… Je commençais à désespérer de le revoir un jour… Quand il y a quelques jours, on m'a annoncé mon transfert ici même, je n'y croyais pas et pourtant, c'est bien réel.

Rebeca ne s'approche pas de moi, elle me jauge, essaie de me cerner. Elle perd son temps, même si j'aime être le centre d'attention.

Nous traversons un second couloir jusqu'à une porte dont l'ouverture ne se fait que grâce à un badge qui pend autour du cou de ma guide. Je ne sais pas si tout le monde le porte aussi ostensiblement, mais ça pourrait être dangereux dans un endroit comme celui où nous nous trouvons…

Elle passe son précieux sur le boîtier qui enclenche le mécanisme de la porte. Elle la pousse et me laisse passer.

À peine posé-je un pied dans la pièce, que toutes les têtes se tournent alors vers moi. Du moins, toutes sauf une, un homme dont le regard reste résolument braqué sur la grande fenêtre qui couvre presque tout le mur du fond. J'aime qu'on me regarde, je l'avoue et toute personne censée est curieuse. Je suis une nouvelle venue, il devrait vouloir savoir à quoi je ressemble.

— Voilà la pièce commune où nous faisons toutes les activités de groupe.

Chacun reprend ses occupations comme si je n'étais jamais entrée alors qu'elle me fait faire le tour de la salle Plusieurs d'entre eux sont installés à des tables et jouent à des jeux de société ou discutent avec des soignants.

Sans faire attention à Rebeca qui m'explique les différentes animations proposées, je m'avance vers la vitre. Je regarde par la fenêtre pour tenter de comprendre ce qui peut attirer cet homme plus que moi. Un tout petit parc se trouve juste en bas du bâtiment, mais il n'y a rien de vraiment joli à observer.

— Bonjour ! m'exclamé-je, en me postant devant l'homme assis sur une chaise, un pied posé contre le mur.

Ses yeux ne dévient pas d'un millimètre alors que la rage monte en moi. Il n'a pas le droit de m'ignorer, d'autant que nous allons sûrement passer du temps dans la même pièce.

— Ambre, venez, j'ai d'autres choses à vous expliquer…

Il est hors de question que je parte sans qu'il n'ait posé les yeux sur moi, il en va de mon honneur ou de mon ego… Peu importe !

— On répond quand on te parle.

Je le vois tiquer, sa paupière se crispe légèrement avant de reprendre cet air indifférent. Une envie irrépressible de le faire réagir me prend et sans réfléchir, je me penche devant lui et pose mes yeux dans les siens. Je suis si près qu'il n'a d'autre choix que de me fixer. Ses prunelles bleues me transpercent. L'ombre qui les traverse pourrait me faire peur sauf que je la connais trop bien. À cet instant, il veut ma mort, j'en suis convaincue, mais je ne me décale pas pour autant.

Il a un charme particulier. Ses cheveux bruns s'éparpillent autour de son visage, le rendant… Sauvage.

— Ambre, que faites-vous ? tente de s'interposer Rebeca.

Ce qu'elle ignore c'est que le duel est déjà enclenché, il est trop tard.

— Dégage…, me souffle cet homme d'une voix sourde.

J'aperçois du mouvement dans mon champ visuel, mais ne peux détacher mes pupilles des siennes. Il a quelque chose, d'hypnotisant.

Je me recule légèrement avec un sourire éblouissant. Ses yeux descendent sur mon visage, directement vers mes lèvres. Il ne me résistera pas, aucun homme ne reste insensible très longtemps.

Malgré mes efforts, il reste stoïque, il doit avoir un gros souci psychologique pour être aussi indifférent. Je me penche soudain vers lui et pose ma bouche sur la sienne.

Il me repousse aussitôt et se lève brusquement, faisant tomber sa chaise dans un bruit sourd. Il est bien plus grand que moi sauf que je n'ai pas le temps de le détailler qu'il parcourt la distance qu'il a mise entre nous, jusqu'à venir buter contre mes chaussures.

— Pour qui te prends-tu ? me crache-t-il, avant d'entourer ma gorge de sa main puissante.

J'ouvre la bouche pour tenter de prendre de l'air alors que plusieurs soignants se jettent sur lui, l'intimant de me lâcher.

— Jared ! hurlent-ils en cœur.

C'est un nom sexy pour cet homme qui l'est tout autant. Je les aime dangereux, menaçants, imprévisibles. Tout ce qu'il a l'air d'être…

Mon souffle se perd, j'attrape sa main et la griffe, tentant de me libérer. Ses yeux sont fous, je vois bien qu'il n'a aucune intention de me libérer, qu'il est déterminé. Seul le liquide d'une seringue injecté dans son trapèze à travers son tee-shirt le fait me relâcher.

Je retombe sur mes pieds en toussant à de nombreuses reprises. La douleur se répand dans tout mon corps et en toute honnêteté, elle est bienfaitrice. Tout est trop aseptisé, je ne supporte plus ces personnes bienveillantes qui m'entourent. J'ai besoin de cette violence qui nourrit mon être et mon esprit.

Une main se pose sur mon dos et je m'en éloigne aussitôt. Je ne supporte pas le contact d'un étranger sur moi. Les vêtements m'en protègent en partie, mais je refuse de la laisser pénétrer mon espace vital.

— Ne me touche pas ! hurlé-je.

Rebeca lève les deux mains en l'air pour me montrer qu'elle ne le fera plus, il n'y a pas intérêt !

J'observe Jared allongé au sol, inerte et je ne peux empêcher un rictus de s'imposer sur mes lèvres. Je ne le connais pas encore, mais ça risque d'être intéressant. Je me réjouis d'avance de nos futures rencontres.

— Tu dois l'emmener voir le directeur, elle n'a pas à provoquer les patients de cette façon ! commence à s'énerver l'un des soignants. Elle vient à peine d'arriver et on en a déjà un endormi par terre.

J'observe Rebeca changer de couleur. Elle devient toute pâle, je ne sais pas depuis combien de temps elle travaille ici, mais moi, je n'aimerais pas qu'on me parle comme ce type vient de le faire.

— On ne t'a rien demandé, mêle-toi de ce qui te regarde, prends-je parti.

Ma comparse a les yeux qui sont prêts à sortir de leurs orbites et se positionne immédiatement devant moi comme pour me protéger. Je n'ai besoin de personne pour ça... De quoi a-t-elle peur ? Il ne me fera aucun mal, il est là pour soigner, pas pour se battre.

— C'est bon, je l'emmène tout de suite.

Il me fusille du regard, mais ne dit rien alors que je le défie ouvertement. Un grand sourire fend mes lèvres, avec lui aussi, je vais m'amuser.

— Viens, m'enjoint Rebeca en me montrant le passage.

Je la suis sagement alors que toutes les personnes présentes dans la pièce me regardent. Certains sont fascinés, d'autres juste curieux ou même peureux. Ce qui est certain, c'est que j'ai fait mon petit effet et j'en suis pleinement satisfaite.

Je traverse la salle, fière et sûre de moi. Je sens que je vais aimer cet endroit.

Une fois dans le couloir, Rebeca est agitée. J'ai épuisé sa patience, sa façon d'être me le laisse deviner alors que je suis restée relativement sage... Elle passe une main rapide sur son visage et remet en ordre son chignon qui pourtant, est tellement bien fait qu'il n'a pas bougé d'un millimètre. Elle ne me décroche plus une seule parole jusqu'à se planter devant une porte où est inscrit : Maxime Lordal.

C'est comme si tout mon être reprenait vie, comme si mon sang coulait de nouveau dans les kilomètres de vaisseaux qui parcourent mon corps.

Mon cœur tambourine comme si je venais de courir un marathon rien que de lire ce nom sur une porte.

Elle prend une profonde inspiration et toque trois petits coups à la porte.

— Entrez !

Rebeca agrippe la poignée et la pousse lentement. Un bureau s'offre à notre vue. Je suis si impatiente que j'aimerais la pousser à entrer alors qu'elle paraît réticente.

J'ai besoin d'être auprès de la personne que j'aime, de mon amour de toujours.

Elle finit par franchir le seuil, moi sur ses talons.

— Que se passe-t-il ? entends-je avant de voir Maxime.

Je ne peux que braquer mon regard sur lui alors qu'il est focalisé sur Rebeca. J'avance un peu plus pour attirer son attention et obtiens enfin satisfaction lorsqu'il se tourne vers moi.

La surprise sur son visage est absolue. Il cligne plusieurs fois des yeux en secouant la tête, comme si je n'étais qu'un mirage alors que je suis bien réelle.

— Qu'est-ce que..., commence-t-il avant d'avaler sa salive en me fixant intensément.

— Je suis désolée de vous déranger, mais Ambre, qui est arrivée tout à l'heure a eu une altercation avec Jared...

Les sourcils de Maxime se froncent et tout en gardant le regard rivé sur moi, il demande à Rebeca de nous laisser.

Cette dernière nous détaille l'un après l'autre avant d'enfin se décider à déguerpir.

— Appelez-moi quand vous en aurez fini..., souffle-t-elle avant de sortir.

J'ai cru qu'elle allait tenir la chandelle. Elle est bien gentille, mais j'ai cinq ans à rattraper !

Max se lève jusqu'à venir se poster devant moi. Il tend la main vers mon visage, mais hésite. Il n'a pas l'air d'y croire. Je lui avais pourtant juré de le retrouver. Il est l'homme de ma vie, le seul et l'unique. Celui qui vous donne des frissons, vous rend vivant, celui pour qui je donnerais tout ce que j'ai. Je l'aime plus que tout, à la folie !

— Ambre..., chuchote-t-il en posant ses doigts sur ma joue.

Son contact m'électrise. J'ai tellement attendu, tellement espéré, tellement désiré...

Nous sommes de nouveau réunis et prêts à braver tous les obstacles pour redevenir ce couple indestructible que nous étions avant qu'il ne disparaisse de ma vie.

— J'ai suivi tes instructions Maxime, j'ai fait tout ce que tu m'as dit et me voilà.

Sa main quitte ma peau et sa chaleur avec. Il passe frénétiquement cette dernière dans ses cheveux, comme s'il réfléchissait à la situation alors que tout est simple. Il m'avait promis qu'une fois que j'aurais fait tout ce qui est inscrit sur sa liste, je serais digne de son amour, digne d'être sa femme !

— Comment... Comment est-ce possible ?

Il s'assoit sur le bord de son bureau et je ne peux m'empêcher de le rejoindre. Cette distance qu'il met entre nous est insoutenable.

— Je t'aime et je suis enfin là pour prendre la place qui m'est destinée.

Il souffle longuement, laissant stagner un silence difficilement supportable. J'ai tellement de choses à lui dire, tellement de temps à rattraper…

— D'accord… Par contre, il va falloir être discret pour le moment.

Je fais deux pas en arrière, vexée. Il n'a pas l'air content de me voir, je ne comprends pas sa réaction.

— Tu ne veux plus de moi ? demandé-je alors que mes larmes se mettent à couler le long de mes joues.

Je m'accroupis, ne supportant pas la réalité. Il m'avait promis !

— Hé, Ambre, ce n'est pas ce que tu crois. Tu dois juste être un peu patiente, je suis à toi mon soleil. Maintenant et jusqu'à ma mort.

Ma respiration s'emballe sous ses paroles, les mêmes qu'il m'a dites avant de monter dans cet avion qui nous a séparés, celles qu'il me chuchotait le soir avant de m'endormir dans ses bras.

Il attrape mes bras, me soulève pour me remettre debout et attrape mon visage sans plus aucune hésitation. Sa bouche vient possessivement capturer la mienne, mes souvenirs reviennent et c'est comme si rien n'avait changé.

Sa langue vient se mêler à la mienne, elles se redécouvrent, se titillent alors que tout mon corps s'enflamme. Mon intimité pulse sous les sensations qui me traversent de part en part. Son odeur se rappelle à mon souvenir, même après tant d'années, nos âmes se reconnaissent. Nous ne faisons qu'un depuis toujours et jusqu'à la mort, nous serons liés.

Il finit par se reculer et pose les mains sur mes joues, effaçant les dernières traces de mes larmes.

— Je dois rappeler Rebeca pour ne pas qu'elle s'inquiète, mais je viendrai te chercher dès que possible.

Le sentiment d'abandon est terrible, mais savoir qu'il est si près de moi me rassure.

Il se recule, attrape un portable et compose un numéro avant de le porter à son oreille.

— Tu peux venir chercher Ambre.

Il n'ajoute rien avant de raccrocher.

— Et méfie-toi de Jared. Il a une personnalité complexe qui en fait quelqu'un de dangereux. Malgré son traitement, ses excès de colère ont tendance à prendre le dessus.

Je souris, comme si j'avais peur de lui... Il reste un homme comme les autres.

Plusieurs petits coups à la porte, font se redresser Maxime. Il se compose un masque impassible alors que Rebeca entre à pas de loup.

Après un dernier regard pour l'homme que j'aime, je la rejoins. Elle ne lève pas les yeux sur moi alors qu'elle se dirige vers la chambre dans laquelle je me suis changée en arrivant.

Lorsque nous nous trouvons à l'intérieur, elle me souffle :

— Vous devez être fatiguée, je vais vous laisser vous reposer. Si vous avez besoin de moi, vous avez un bouton à l'entrée. Ça vous convient ?

— Je ne savais pas que j'avais le choix, ricané-je.

J'adore la mettre mal à l'aise et elle ne marche pas, elle court. Ses joues s'enflamment alors qu'elle fait quelques pas en arrière.

— Et tutoie-moi, c'est insupportable ces « vous » à tout bout de champ.

Elle prend de petites inspirations rapides avant d'acquiescer.

Ne perdant pas plus de temps, elle sort de ma nouvelle cellule et prend bien soin de fermer la porte derrière elle.

Je m'allonge sur le lit alors que les images de Maxime s'impriment devant mes yeux. Sa bouche sur la mienne, ses mains sur ma peau, les seules que je supporte...

J'ai enfin retrouvé la deuxième partie de moi-même, celle qui manque à mon âme, le seul et unique être aimé.

Chapitre 2

Maxime

C'est un fantôme, ça ne peut pas en être autrement !

Ses yeux semblables aux miens, ce vert si intense... Ses cheveux longs, bruns qui entourent ce si beau visage... Ambre, mon Ambre.

Je m'assieds sur mon fauteuil, pose les coudes sur mon bureau et prends ma tête entre mes mains. Comment est-ce possible ?

Mes doigts tremblent, tellement ma surprise est grande. Bien sûr en voyant ce nom dans mon fichier, j'ai bien eu un petit moment de doute, mais jamais je n'aurais vraiment imaginé que ce soit elle, ou je refusais de l'admettre.

Elle surgit dans ma vie telle une tornade. Ses lèvres si douces, ce corps à se damner... Elle n'a pas changé malgré les années. Elle est sublime.

Elle a été mon premier amour, il n'y a pas de doute là-dessus, mais j'ai dû faire des choix pour me constituer l'existence que j'ai aujourd'hui.

Nous étions jeunes et rêvions d'avenirs différents. À ce moment de ma vie, je devais décider de la carrière que je désirais. Et pour moi, celle-ci était plus importante qu'une femme. Oui j'étais amoureux d'elle, mais pas au point de mettre mon avenir professionnel de côté pour une femme avec qui je n'étais pas certain de finir mes jours.

J'ai beau réfléchir, il y a une chose que je n'arrive toujours pas à comprendre : comment s'est-elle retrouvée ici, dans mon unité ? Je prends une profonde inspiration et me décide à ouvrir son dossier. Je ne peux pas la renvoyer dans une autre unité pour malades difficiles sans une bonne explication... Qu'a-t-elle bien pu faire pour se retrouver dans mon service psychiatrique ?

Je clique sur mon ordinateur et tout s'affiche sous mes yeux ébahis. Je ne peux pas m'en détacher, comme hypnotisé. Je lis ligne par ligne alors que le document dévoile de plus en plus la personnalité de cette femme qui fût dans mes bras, dans mon lit. J'ai du mal à faire le rapprochement entre les deux, c'est comme si c'était deux personnes totalement opposées. Elle était si douce, tendre... Comment a-t-elle pu devenir aussi... Dérangée ?

En ayant déjà vu assez, je quitte son dossier. J'ai d'autres choses à régler, je ne peux pas me permettre de me focaliser sur elle. J'ai cinquante-trois patients et chacun mérite mon attention.

Tous les souvenirs qui se rappellent à ma mémoire ne doivent pas venir compromettre mes compétences dans mon travail. Je dois les ranger dans une case et lorsque je serai au calme, je pourrai les laisser exploser autour de moi. En attendant, j'attrape une pochette pour me remettre au travail. Encore une heure et je pourrai rentrer chez moi, c'est tout ce sur quoi je dois me focaliser.

Je gare ma voiture devant une petite bâtisse. Je suis exténué et ne peux enlever le visage d'Ambre de mon esprit. Elle m'obsède alors que je l'avais complètement occultée de mon esprit, même de ma vie. Jamais je n'ai pensé la revoir. Elle à Paris, moi dans le Vaucluse, à Montfavet, une relation était impensable.

Je sors de l'habitacle et parcours les quelques mètres jusqu'à la porte d'entrée. Je tourne la clé dans la serrure et entre silencieusement. J'enlève mes chaussures et remonte le couloir pour rejoindre la cuisine. Tout est calme, paisible alors qu'en moi, c'est une avalanche. Mes souvenirs heureux et plus difficiles s'insinuent insidieusement. J'attrape un verre que je remplis d'eau et l'avale d'un trait. Je tire brutalement sur ma cravate, ayant l'impression d'étouffer.

"— Nous serons de nouveau réunis, je m'en fais la promesse. Je ne peux pas me passer de toi, tu es l'homme de ma vie."

Ma poitrine se sert à ce souvenir d'Ambre devant l'aéroport, la dernière fois que je l'ai vue, embrassée, touchée. Elle était mon âme sœur, même la couleur de nos yeux ne faisait qu'un... Je me suis contenu jusqu'à ce que je débarque ici, dans cette ville qui m'était inconnue, je ne voulais pas pleurer une femme. Après tout, elle était vivante, en bonne santé, et pourtant, la fin de cet amour m'a profondément touché. Elle était la première à pénétrer mon cœur, à se l'approprier.

Je ferme les yeux une seconde avant de rejoindre ma chambre. La revoir chamboule ma routine, met à mal tout ce que j'ai construit depuis tant d'années...

J'ouvre la porte et me déshabille en allant vers mon lit. Mes vêtements parsèment le sol, mais pour une fois, je n'en ai que faire.

Je prends place sous les draps alors que mes doigts se faufilent sur le corps de la femme qui partage à présent ma vie. Ses rondeurs ne la rendent que plus voluptueuse. Elle est physiquement à l'opposé d'Ambre et c'est tout ce qu'il me faut à cet instant. Je veux l'oublier, elle n'a plus sa place auprès de moi. C'est terminé et je vais devoir le lui faire comprendre. Ça risque d'être rude et pour être honnête, je ne suis pas certain d'être capable de la rejeter. Malgré ces cinq années, la revoir a réveillé une partie de moi.

Charlotte tourne la tête vers moi, sentant mes mains grimper vers sa poitrine.

— Quelle heure est-il ? Je me suis encore endormie...

— C'est normal ma chérie, tu en as besoin...

Elle glousse alors que je titille les pointes tendues de ses tétons libres sous son tee-shirt. Elle m'excite terriblement, je suis heureux avec elle.

Nous nous sommes rencontrés il y a deux ans alors qu'elle était infirmière au centre où je travaille. Nos rapports ont toujours été cordiaux, même amicaux, sans pour autant aller plus loin, jusqu'à un pot de départ à la retraite d'un de nos collègues. Elle n'était pas au mieux de sa forme alors je ne l'ai pas quitté. Nous avons passé la soirée à discuter de choses plus intimes. Elle était charmante, cultivée, gentille... Je l'ai invité à dîner et ce fut le début de notre aventure.

Les choses se sont rapidement enchaînées, une maison, un mariage, tout ce que je n'ai jamais considéré comme important l'est devenu avec elle.

Je dépose un baiser sur sa clavicule, remonte dans son cou et vais enfin emprisonner ses lèvres. Ce baiser est tendre, léger, mais tellement représentatif de notre amour... Je ne peux m'empêcher de le comparer à celui que j'ai donné à Ambre et il est clair que les deux n'ont rien à voir. Ambre n'est que mon passé qui ressurgit, mais mon avenir est avec Charlotte. Elle m'offre tout ce qu'un homme peut désirer, je suis à elle.

Les années m'ont éloigné d'une femme pour en mettre une autre sur ma route et je ne regrette rien. Mon instant de doute envers mon premier amour n'était que le fruit de l'extrême surprise. Je ne ressens plus rien pour Ambre, il va maintenant falloir que je le lui fasse comprendre.

Mes mains descendent sur le corps de ma femme alors que ses gémissements emplissent la pièce. Son ventre qui s'arrondit de jour en jour est un pur bonheur. Je le caresse doucement, lentement... Bientôt, nous serons trois et j'aurai réussi mon pari. J'aurai la famille idéale, le boulot idéal, la maison idéale et serai l'homme parfait aux yeux de tous. C'est tout ce qui a toujours compté et ce qui comptera toujours pour moi.

Mes doigts se faufilent autour de l'intimité de Charlotte que je prends grand soin d'éviter. Je sais que je l'excite, mais j'aime la faire patienter de désire, qu'elle ne pense qu'à mes doigts sur sa peau... Je prends plaisir à être désiré, comme chacun d'entre nous.

— Maxime..., souffle-t-elle comme une supplique à laquelle je ne peux résister.

Mes doigts caressent doucement son clitoris avant de venir s'enfoncer dans sa moiteur. Elle n'attend que moi et je ne résiste pas longtemps pour la pénétrer telle qu'elle le désire. Je me lie à elle de la plus fabuleuse des façons, nous faisant oublier tout ce qui nous entoure.

Un bip incessant perce mon rêve pour me ramener à la réalité. Je pose les yeux sur ma femme, profondément endormie alors que ce bruit strident me donne mal au crâne.

Je finis par comprendre que c'est le portable de mon travail qui reste allumé jour et nuit en cas d'urgence. Par chance, ça faisait longtemps qu'on ne m'avait pas réveillé de cette manière.

Je tâtonne sur la table de chevet jusqu'à mettre la main dessus sauf que le mouvement fait papillonner les yeux de Charlotte.

— Allo, réponds-je rapidement avant de me lever pour ne pas plus déranger ma femme.

— Je suis désolée de vous déranger, nous ne savons plus comment le calmer... Jared hurle et est agressif. Il a frappé Elias...

Je passe une main sur mon visage. C'est pourtant l'un des seuls infirmiers qu'il laisse approcher...

— Il est incontrôlable, continue Rebeca qui est de garde ce soir. J'ai préféré vous appeler sachant que...

— J'arrive, ne lui laissé-je pas le temps de finir.

J'en ai assez entendu. Je rejoins la salle de bain pour prendre une douche rapide, mais alors que je me rince, une petite main se met à caresser mon torse.

Je me retourne pour trouver Charlotte souriante. Même encore endormie, elle est magnifique. Je m'empare de sa bouche avant de poser mon front contre le sien.

— C'est Jared...

L'angoisse se peint sur son visage et je n'aime pas ça. Son corps se tend contre le mien alors que je la prends contre moi pour tenter de la rassurer. Malheureusement, je n'ai pas beaucoup de temps. Je me recule et me rince rapidement. Je dois faire mon boulot malgré la tristesse de ma femme. Je ne peux pas me permettre de faillir devant les soignants qui attendent de moi que je prenne des décisions. Je suis le patron de ce service et dois agir en tant que tel sans tenir compte de ma vie privée.

Charlotte prend une douche alors que je m'habille en vitesse. Je porte toujours un costume, mais à trois heures du matin, je pense pouvoir me permettre d'être un peu moins apprêté...

J'embrasse une dernière fois ma femme avant de rejoindre le centre.

Lorsque je passe la porte, je remonte tout de suite le couloir jusqu'à la dernière porte où je trouve une Rebeca affolée.

— Monsieur Lordal, m'accueille-t-elle avec un soulagement évident.

— Que se passe-t-il ?

— Je ne sais pas. Ambre a actionné sa sonnerie et quand je suis arrivée dans le couloir, j'entendais les hurlements de Jared dans la pièce d'à côté...

Ce prénom réveille mes souvenirs sauf que ce n'est absolument pas le moment.

— Où est Elias ?

— En salle de repos, il refuse de se rendre à l'hôpital...

Il faudra que j'aille le voir après. Il devra tout de même s'y rendre, je ne veux pas prendre le risque d'une blessure interne, il en va de ma responsabilité.

J'attrape la poignée et souffle un grand coup avant de pousser la porte et de m'y engouffrer rapidement. Il ne faudrait pas qu'il ait le temps de s'enfuir.

Jared s'arrête aussitôt de crier et me fixe enragé.

— Que t'arrive-t-il ? demandé-je, fatigué de son petit manège.

Ce n'est pas la première fois qu'il fait ça et ne sera certainement pas la dernière.

Il se lève de son lit et avance lentement vers moi, sûr de lui comme à son habitude.

— Combien de temps vas-tu me garder enfermé ici ?

Je secoue la tête, c'est toujours la même rengaine. Il ne comprend pas ce qu'il fait ici, comme la majorité des personnes qui s'y trouvent malheureusement.

— Le temps qui sera nécessaire.

Il continue d'avancer alors que je reste sur mes gardes. Il est imprévisible, je n'ai aucune confiance. Il est l'un des patients les plus difficiles à cerner, mais aussi l'un des plus dangereux.

— Tout est de ta faute. Tu crois avoir cerné une quelconque pathologie chez moi alors que tu ne sais rien ! Tu as profité de notre amitié pour m'enfermer dans ce trou à rat ! Si tu ne dégages pas de ma cellule, tu n'en sortiras pas vivant.

— Et tu me donneras raison par la même occasion… Il n'y a qu'une personne dérangée qui profère ce genre de menaces, tu le sais aussi bien que moi Jared.

Il pointe un doigt sur ma poitrine à m'en faire mal, mais je reste stoïque face à lui. Je ne dois pas lui montrer une quelconque résilience, il en profiterait.

— Tu m'as évincé de sa vie, tu dois être ravi. Plus personne n'est là pour elle en dehors de toi.

Je secoue la tête. Nous avons eu cette discussion de trop nombreuses fois et je me sens lasse de lui expliquer mon point de vue.

— Tu as fini ta petite crise ou nous devons te donner un somnifère pour te calmer ?

Il grogne vaguement avant d'aller se rasseoir sur son lit.

— Tu gagnes toujours, pas vrai ? Sauf que cette fois tu as un adversaire de taille en face de toi. Je vais te faire payer Maxime, d'une façon ou d'une autre, tu regretteras de m'avoir fait interner. Prends ça comme une promesse.

Ses menaces sont récurrentes, mais n'ont jamais été aussi virulentes.

— Pourquoi tout ce cinéma ? lui demandé-je tout de même avant de sortir.

— Tu es ici au lieu d'être avec Charlotte… (Un sourire fou illumine son visage.) C'est tout ce que je voulais. Moins de temps elle passera avec toi, mieux elle se portera.

Je sais qu'il cherche à m'énerver, à ce que je perde mon sang-froid, sauf qu'il ne me connaît pas. Personne ne me connaît vraiment. Du moins, il y en a bien une, me rappelle mon esprit et celle-ci se trouve dans la pièce juste à côté. Je ne peux pas me laisser déstabiliser maintenant et préfère quitter cette pièce. Il a apparemment obtenu ce qu'il souhaitait et j'ai assez perdu de temps avec lui.

Je sors de la chambre et lorsque je traverse le couloir, je suis grandement tenté d'aller voir Ambre. Malgré tous mes efforts, elle refuse de quitter mon esprit. Les sentiments sont insidieux. Ils s'infiltrent dans les minuscules failles, pour vous rappeler à quel point vous teniez à une personne et l'importance qu'elle avait pour vous… Et surtout raviver l'amour que vous lui portiez.

Chapitre 3

Ambre

Alors que je m'étais assoupie, un hurlement a fendu l'air et malgré la porte fermée, j'entendais comme si j'étais dans la même pièce. J'ai d'abord cru à une crise passagère, sauf que la personne ne s'arrêtait pas. Je me suis donc levée pour appeler un soignant. J'ai horreur qu'on m'empêche de dormir. Nous sommes censés nous trouver dans un lieu de calme et de repos…

Les minutes passent sans grand changement jusqu'à ce que des bruits sourds retentissent. Je suis certaine qu'il y a une bagarre, sauf que le gagnant du duel ne doit pas être celui auquel on s'attend, car les cris reprennent de plus belle.

Cette fureur est insupportable et me met sur les nerfs. Je me laisse glisser contre ma porte, les mains sur les oreilles. Ne peut-il pas se la fermer ? Il rabâche sans cesse, croit-il que nous sommes sourds ?

Tout à coup, tout se calme et redevient silencieux. Je repose mes mains au sol et colle mon oreille contre la porte. Ce n'est à présent plus qu'un murmure. Quelqu'un doit tenter de le faire taire et je l'en remercie. Je supporte mal les bruits forts, ils me donnent un mal de tête terrible et me rappellent trop d'images que je ne veux pas voir surgir dans mon esprit.

Des bruits de pas dans le couloir, qui s'arrêtent devant ma porte, me font me redresser. Je m'attends à voir débarquer un soignant sauf que rien ne se passe. Je suis en face de cette porte close et c'est comme si tout mon corps me faisait sentir que la personne derrière est importante pour moi. Comme si je pouvais sentir que c'était *lui*...

Je pose ma main sur le bois et la caresse comme j'aimerais le faire sur son visage. Je sais que je dois être patiente avec Maxime. Il ne m'attendait pas dans sa vie et doit comprendre que je ferai tout pour rester auprès de lui, quoi qu'il m'en coûte.

De nouveaux bruits m'indiquent que la personne s'éloigne et je reprends aussitôt ma respiration, que je n'avais pas conscience de retenir. Je rejoins mon lit, c'est la seule chose que je puisse faire...

Je m'assieds contre le mur et ne peux m'empêcher de repenser au passé, à tout ce que nous avons vécu ensemble, à tous ces moments magiques qui ne cessent de me hanter. Nous étions heureux, amoureux et inséparables... Jusqu'à ce qu'il en décide autrement.

Je lui en ai terriblement voulu au début, c'était tout de même sa décision. Il pouvait refuser cette offre et continuer de vivre à mes côtés sauf qu'avec le temps, j'ai compris l'importance que ça représentait pour lui. S'il n'était pas parti à ce moment-là, il l'aurait sans doute regretté et j'en aurais été responsable. Il m'en aurait voulu et aurait fini par me quitter alors qu'aujourd'hui, il n'a aucune rancune envers moi.

Des sentiments comme les nôtres ne peuvent disparaître, il me suffit juste de les lui rappeler…

Quand je repense à notre rencontre et à tout le chemin parcouru depuis, je suis fière. Malgré les obstacles, je l'ai retrouvé et ne le quitterai plus.

Je m'allonge en boule sur mon lit en repensant à ce jour où il est entré dans mon univers et m'a sauvée.

Huit ans plus tôt.

Je renifle bruyamment en avançant dans la ruelle déserte. Mes pas sont loin d'être sûrs et je tangue méchamment. J'échoue contre un mur et m'y tiens le temps que mon regard se stabilise un minimum. Je sais que je dois partir au plus vite, que le danger est encore à ma poursuite, mais je n'ai plus de force. Ma respiration est difficile alors que la nausée envahit ma bouche. J'ai juste le temps de me pencher pour vomir mon dîner. Les spasmes qui me parcourent sont douloureux et ma tête tourne trop rapidement. Je ne sais pas comment je fais pour ne pas m'évanouir. Peut-être ma conscience qui me hurle de me dépêcher, de trouver un endroit bondé de monde, avant qu'on me retrouve.

Je fouille dans mon petit sac aussi vite que possible pour en tirer un mouchoir et m'essuyer la bouche. Un goût désagréable y reste ancré, mais je n'ai pas le temps de m'apitoyer.

Tout en restant contre le mur, je me traîne jusqu'au bout de la ruelle. Mon corps n'est que douleur, bleu et sang, mais par chance, j'ai réussi à m'échapper. Tant que mon cœur bat, je suis encore vivante et c'est le plus important.

Des voitures se trouvent à proximité, je sais que je dois les rejoindre et trouver quelqu'un qui m'emporte loin, très loin d'ici !

Soudain, des pas s'approchent derrière moi et mon sang se glace. Ils ont remarqué ma disparition, ils vont me faire payer.

Dans un dernier regain d'énergie, je me remets droite et avance pas à pas jusqu'à la première voiture stationnée. J'ai besoin que quelqu'un m'aide, je ne peux pas me retrouver auprès de mon copain et de ses amis. Il me fait faire des choses… C'est impossible, je n'en reviendrai pas vivante, pas cette fois alors que j'ai refusé ses ordres.

J'ai vu la déception se peindre sur son visage lorsque je n'ai pas voulu me déshabiller et me mettre à genoux devant l'un de ses amis. Comment en suis-je arrivée là ? Il était l'homme parfait jusqu'à ce que tout dérape et qu'un plan à trois finisse par : lui se délectant de m'observer tel un objet aux mains d'inconnus. La première fois a été tellement insupportable pour moi que j'ai voulu mettre fin à mes jours sauf qu'il m'a retrouvée…

Ça fait un an... Un an qu'il me force à donner mon corps à n'importe qui. Pour m'aider, il me donne des petites pilules. Il m'a dit que c'était un décontractant sauf que j'en suis accro. Les doses sont de plus en plus importantes, c'est un miracle qu'aujourd'hui, un brin de lucidité m'ait traversé l'esprit lorsque j'ai vu plusieurs caméras installées dans la pièce. Il voulait me filmer en train de me faire prendre par je ne sais qui.

C'est la première fois que j'exprime aussi vivement mon désaccord sauf que la gifle que j'ai reçue en retour a calmé mes ardeurs. Il évite toujours mon visage d'ordinaire, il ne faudrait pas que quelqu'un remarque des bleus, mais je l'ai pris de court cette fois-ci.

Il a été mon premier, celui à qui j'ai donné ma confiance pour partager une expérience unique. C'est important comme décision et je l'ai mûrement réfléchie, mais tout a très vite dégénéré. Il a changé du tout au tout une fois qu'il a eu ce qu'il a voulu.

Les paroles douces et agréables sont devenues des insultes, les caresses sont devenues des coups. Tout est arrivé si vite que je n'ai pas eu le temps de comprendre ce qui m'arrivait.

J'arrive enfin vers la première voiture qui est vide alors je continue mon ascension. La rue est déserte, comme si le destin ne voulait pas m'aider, comme si je méritais mon sort.

Mes pas sont de plus en plus difficiles, je sens la drogue parcourir mes veines et m'engourdir sur son passage. Je n'aurai bientôt plus la force de bouger et serai de nouveau à leur merci.

Un pied devant l'autre, c'est tout ce qui compte et tout ce sur quoi je dois me concentrer. La seconde voiture passée, mes espoirs s'amenuisent jusqu'à ce que sorti de nulle part, un homme, semblable à un ange sorte d'un bâtiment. J'essaie de crier pour le supplier de me venir en aide sauf qu'aucun son ne sort de ma gorge. J'ai tout donné lorsqu'ils m'ont forcée à m'allonger sur la table de la cuisine et m'ont dépossédée du peu de dignité qu'il me restait. Ils ont abusé de moi de toutes les façons possibles jusqu'à ce que je m'évanouisse.

En me réveillant, je me trouvais seule, par terre. Du bruit venait de la pièce adjacente, mais je ne sais trop comment, j'ai réussi à ramper jusqu'à la porte d'entrée qui n'était pas verrouillée. J'ai mis de longues minutes à me mettre debout à cause de la douleur insoutenable qui me tenaillait. Une fois debout, c'est comme si tout s'évaporait en dehors de mon but : m'enfuir le plus loin possible.

Il fait nuit et seuls quelques lampadaires éclairent la rue, mais l'homme s'avance dans ma direction. Mon pouls s'accélère alors que l'espoir renaît.

— Aidez-moi…, chuchoté-je, en titubant devant lui.

Il arrive rapidement à ma hauteur et dans un dernier geste désespéré, j'agrippe son bras.

D'abord surpris, il me fixe et alors que son regard descend sur mon corps dénudé et mal en point, il devient blanc comme un linge.

Je me sens de plus en plus mal et tout m'échappe, je me sens partir, je sens mes forces s'amenuiser et mon corps s'effondrer. Une force surnaturelle m'enveloppe alors qu'un souffle chaud contre mon oreille me souffle :

— Moi c'est Maxime, je ne sais pas ce qu'il t'arrive, mais je vais t'aider, je te le promets…

C'est les dernières paroles que j'entends avant de basculer dans l'inconscience.

De nos jours.

Une main sur mon bras me fait ouvrir grand les yeux. Je m'éloigne aussitôt de ce geste que je ne désire pas.

Telle une lionne, je rugis avant de me lever et de m'approcher de la personne qui a osé poser sa peau contre la mienne sans mon accord.

Rebeca me toise sur ses gardes, surprise par ma réaction, mais avant qu'elle ne dise quoi que ce soit, je la pousse violemment contre le mur. Elle s'effondre sous le choc et je reste face à elle, à la regarder reprendre son souffle.

— Personne ne me touche, personne !

Elle se relève en remettant en place sa blouse et en vérifiant l'état de son chignon.

— Je suis désolée, tu ne te réveillais pas, je n'avais pas d'autre choix. La nouvelle équipe est en salle commune pour le petit déjeuner, je voulais te présenter l'infirmier qui va s'occuper de toi en mon absence.

Je me fous totalement de ce qu'elle me raconte. Je me tourne vers la petite fenêtre trop haute pour que je puisse voir l'extérieur, mais qui diffuse une douce lumière. C'est étrange que je me sois endormie aussi longtemps, j'ai des insomnies depuis des années...

Je me déshabille intégralement avant de rejoindre la petite salle de bain. Je me sens si sale... Malgré les années qui sont passées, rien ne change vraiment.

Je frotte ma peau jusqu'à ce qu'elle rougisse et que le frottement me soit désagréable. J'aimerais pouvoir l'arracher et en avoir une nouvelle, même si je sais que c'est impossible et que je devrais me contenter de celle que j'ai...

Une fois séchée, j'attrape une nouvelle tenue réglementaire et l'enfile à la hâte. Rebeca n'a pas bougé de la porte et m'attend, je dois avouer qu'elle a du courage ou alors elle est complètement idiote. Être confrontée à des fous toute la journée, ce doit être usant et elle ne le sait pas encore, mais je ne ferai rien pour m'adapter ici. Je ne suis venue que pour une seule raison : retrouver Maxime. Je ne lui rendrai pas les choses plus faciles, au contraire, je vais en profiter pour m'amuser un peu. Sa ténacité me fascine.

Sans un mot, je passe la porte alors qu'elle trotte derrière moi. Je suis assez bonne en orientation et trouve tout de suite la salle. En même temps, le bruit qui y règne m'y aurait forcément amenée. En plus de la vaisselle qui tinte, des voix de discussions animées me parviennent.

J'approche tranquillement de la porte et me poste un instant dans l'encadrement pour observer ce petit monde. Quitte à passer du temps ici, autant faire connaissance même si je ne suis pas du genre avenant et sociable.

Rebeca s'avance dans la salle et discute quelques instants avec un homme plutôt mignon, bien qu'il ait un œil au beurre noir. Ce doit être mon nouveau gardien et j'en suis assez satisfaite. Il finit d'installer une femme, toute frêle à une table avant de s'avancer vers moi.

— Bonjour Ambre, moi c'est Elias, je remplace Rebeca. C'est avec moi que tu vas passer la journée.

Je lui offre un grand sourire et papillonne des yeux. Je sais l'effet que j'ai sur les hommes, c'est toujours pareil. Il suffit de les flatter pour obtenir tout ce qu'on veut, c'est comme ça que marche le monde. L'homme n'est finalement que l'esclave de la femme.

— J'en suis ravie, lancé-je, avant de le dépasser pour m'avancer vers les grandes vitres.

J'aimerais sortir, me promener dans le parc, mais je sais que ce n'est pas autorisé. C'est l'unique chose qui me manque depuis que je suis enfermée, mais ça ne devrait plus durer longtemps. Maxime va me sortir de ce trou. Je suis revenue pour lui, pour que nous vivions notre histoire comme elle aurait dû être.

Mon regard est aussitôt attiré par l'homme assis un peu plus loin, le regard dans le vague. Il est à la même place qu'hier, ce doit être barbant à force.

Je m'avance discrètement vers lui. Je ne sais pas pourquoi, mais il m'a l'air différent. Comme un intrus, comme s'il n'avait rien à faire ici. Il est plutôt calme même si je sais de quoi il est capable et ce côté lunatique m'attire plus que de raison.

— Bonjour !

Après tout, la politesse n'a jamais tué personne, je peux toujours tenter.

Il ne fait aucun geste, même pas un clignement d'œil. Je commence à être vexée par son manque d'intérêt pour moi. Je suis plutôt jolie, je le sais et aucun homme ne me résiste. Je vais devoir user de patience pour que celui-ci me cède, car il le fera, comme tous les autres. C'est un petit challenge personnel en attendant que Maxime soit entièrement prêt pour moi. Autant passer mon temps à me distraire.

Je me poste contre la vitre et le fixe. Quelques secondes suffisent pour voir sa mâchoire se crisper.

— Il fait beau aujourd'hui.

Plus banal, il n'y a pas, mais je ne sais pas vraiment comment le dérider alors je tente une petite technique personnelle. Il enlève son pied du mur et s'assoit les coudes sur les genoux sans pour autant me prêter une quelconque attention.

— Hier soir il y a un fou qui n'arrêtait pas de gueuler, j'espère que ce soir il se la fermera ! continué-je.

Tout à coup, sa chaise bascule en arrière et avant que je n'aie pu faire le moindre mouvement, il se positionne face à moi, me bloquant contre la vitre de son bassin.

— Tu te prends pour qui petite pute ? Tu arrives et tu te crois la reine du royaume ? Redescends, on est tous complètement tarés, ne te crois pas différente, tu es l'une d'entre nous !

Il se recule alors que des soignants accourent. Sa petite démonstration de force est loin de me faire peur, il m'a même émoustillée.

J'ai réussi à le faire réagir, d'une manière ou d'une autre, je suis satisfaite. Maintenant que le contact est établi, nous allons pouvoir nous amuser... Un nouveau corps à corps ne me dérangerait pas le moins du monde.

Il est bien bâti, ses bras sont assez impressionnants sous son tee-shirt, j'aimerais tellement en voir plus...

— Ambre, tu vas bien ? me demande Elias en me détaillant.

Je ne suis pas une petite chose fragile, il ne sait pas qui il a en face de lui !

— Très bien !

Il fronce les sourcils avant de me demander de le suivre jusqu'au bureau où sont stockés les médicaments.

Il me donne le traitement qu'on me force à prendre depuis un certain temps avant de retourner dans la salle pour que je me serve mon petit déjeuner.

Une table est dressée avec tous types d'aliments, de boissons chaudes, de jus de fruits. Je me sers un café dans un gobelet et attrape un croissant avant de chercher une table où m'installer.

Je repère immédiatement celle qui me convient et m'assieds en face d'un Jared impassible.

— Au fait, tu ne m'as pas laissée me présenter, moi c'est Ambre…

Il relève lentement les yeux sur moi et malgré mon beau sourire, il n'a pas l'air ravi de me voir là.

— Qu'est-ce que j'en ai à foutre ? grogne-t-il, avant d'attraper sa tasse et de la vider.

— Tu es sympa comme gars, j'adore discuter avec toi.

Il repose doucement sa tasse avant de braquer ses pupilles sur moi.

— Ne me cherche pas trop, hier, c'était juste un avant-goût. Je ne te louperai pas la prochaine fois.

Je pars dans un grand éclat de rire tellement sa menace ne m'atteint pas.

— Moi aussi je t'aime bien, réponds-je en croquant dans mon croissant.

Il me fusille une dernière fois des yeux avant de quitter la table et la pièce.

Je finis mon petit déjeuner tranquillement avant d'observer les tables qui sont réparties pour les activités de groupe.

Je repère une jeune femme, elle doit tout juste être majeure. Ses mains ne cessent de bouger tout comme l'une de ses jambes, comme des tics nerveux. Son visage ressemble à celui d'une poupée, toute mignonne. Nous ne sommes que quatre femmes dans la vaste pièce alors je pourrai plus facilement m'intégrer auprès d'elles. La solidarité féminine, peut-être s'exerce-t-elle aussi ici ?

Je décide de tenter ma chance. J'approche de la table, tire une chaise et m'y installe.

— Bonjour, tu veux être ma nouvelle amie ? demandé-je aussi simplement.

Elle cligne des yeux de nombreuses fois avant de passer une main tremblante sur son front. Elle hoche la tête et reprend le coloriage d'un dessin.

— Ambre, je t'emmène pour ta consultation chez le psychiatre…, vient me dire Elias alors que j'espérais y échapper encore au moins une journée.

Je me lève de mauvaise grâce pour le suivre dans le couloir. Nous montons un étage puis entrons dans un bureau. Je m'installe sur la chaise avant de voir débarquer une bonne femme, la cinquantaine, tout apprêtée.

— Bonjour Ambre, je suis le docteur Solice, je suis ravie de faire ta connaissance.

La réciproque n'est pas vraie. J'en ai rencontré un certain nombre et aucun d'entre eux ne m'a réellement aidée. La personne qui pourra remonter le temps, celle-là me sera bien utile. En attendant, je vais devoir répéter une fois de plus toute la misère qu'a été ma vie. Toute la compassion du monde n'y changera rien alors pourquoi à chaque fois remuer mon passé ?

Chapitre 4

Maxime

Je suis dans mon bureau et suis censé travailler sauf que les évènements de la veille me hantent. Elle était derrière cette porte, je n'avais qu'à entrer pour être en face d'Ambre, mais je ne pouvais pas faire ça. Je ne peux pas avoir de rapport aussi intime avec une patiente, c'est impensable. Je me ferais virer tout de suite si un écho parvenait à ma direction. Mon travail est la partie essentielle de ma vie, j'ai donné tant d'années pour arriver où j'en suis que je ne détruirai pas tout pour une femme surgie du passé, aussi belle et attirante soit-elle.

Cette porte entre nous a constitué une excellente barrière qu'il faut que je garde fermée. Tout a changé depuis cinq ans. Je suis marié à une femme exceptionnelle, je vais avoir un enfant… Je ne peux pas détruire tout ça. J'ai aimé Ambre, il n'y a aucun doute là-dessus, mais j'avais d'autres priorités qui se sont imposées à moi. Je n'ai pas réfléchi longtemps avant de quitter Paris, c'était une évidence.

La revoir me désoriente, mais une fois qu'elle aura pris ses marques ici, elle ne pensera certainement plus à moi.

Quelques coups à la porte me font me redresser.

Une des psychiatres entre et vient s'installer sur un fauteuil devant moi. Je lui avais demandé de venir me voir une fois sa séance terminée. Je sais qu'elle ne me dira rien sur ce qu'a pu lui confier Ambre, mais je veux avoir son avis.

— Alors, comment ça s'est passé ?

Elle passe une main sur son visage avant de croiser les bras.

— C'est une jeune femme intéressante qui a un passé compliqué à gérer. Il y a quelque chose qui me dérange, mais je n'arrive pas à mettre le doigt dessus. (Elle fronce les sourcils avant de secouer la tête.) Je verrai lors de nos prochaines séances si elle se dévoile un peu plus.

Mon cœur s'emballe, et si Ambre lui parlait de moi ? Comment pourrais-je me justifier ? Je n'y avais pas pensé avant cet entretien, mais ça ne peut pas arriver !

Je dois bien avouer que cette femme me connaît mieux que quiconque, sauf que ce n'est pas forcément un bien… J'ai des secrets enfouis, comme chacun d'entre nous, sauf que je n'ai aucune envie de les voir ressurgir dans ma vie actuelle. Ma routine est parfaite, je ne peux pas la laisser entrer et y mettre le bazar.

— Merci, j'espère qu'elle va réussir à s'intégrer dans le groupe, soufflé-je.

Peut-être que comme ça, elle m'oubliera…

— Je ne m'en fais pas pour ça. Elle a une carapace comme la majorité des personnes présentes ici, mais elle reste sensible.

Je hoche la tête, c'est parfait. Mais je vais tout de même devoir m'assurer qu'elle ne parle pas. J'ai beaucoup trop à perdre.

Après avoir congédié la psychiatre, je reste un long moment enfermé dans mon bureau à réfléchir à la meilleure méthode à employer.

Ma journée touche à sa fin et je n'ai toujours pas bougé. C'est finalement lorsque le soleil se couche que je me décide.

Je ferme mon bureau derrière moi et remonte le couloir. Vu l'heure, les patients doivent déjà se trouver dans leur chambre, ce sera bien plus simple.

Après avoir passé trois portes, je m'arrête devant celle qui m'intéresse. J'attrape mon badge qui ouvre le loquet et la pousse doucement.

J'entre le plus discrètement possible et referme rapidement la porte pour ne pas être remarqué.

Seule une lucarne en hauteur me permet de deviner sa silhouette allongée sur le petit lit. Je dois bien avouer que sa présence ne m'est pas indifférente. Je m'approche jusqu'à pouvoir toucher son bras nu qui se trouve en dehors de la couverture. Je ne peux m'empêcher de la caresser. Mes doigts glissent lentement sur sa peau douce. Son odeur m'emplit les narines et malgré toutes mes réticences, je la veux. Je sais que c'est mal, que j'ai une autre femme qui m'attend à la maison, mais la passion qui me dévore rien que de voir

Ambre est indéfinissable. J'ai un besoin irrépressible de me perdre en elle. Elle est comme un médicament qui apaise tous mes maux.

Alors que je m'apprête à la réveiller, elle bouge et ses yeux capturent aussitôt les miens. Ce ne sont que deux billes brillantes dans l'obscurité, mais je devine sa surprise.

— Maxime…, souffle-t-elle à peine réveillée.

— Oui mon soleil.

Ses doigts se posent sur ma main avant de remonter le long de mon bras jusqu'à ma joue. Ce contact m'électrise, me rend fou. Je ne vais pas tenir longtemps, il m'est impossible de me retenir en sa présence.

Son pouce passe sur mes lèvres et c'en est trop. Je m'allonge sur elle et capture sa bouche. Ce baiser est affamé, mais j'ai besoin de plus, je dois la posséder, la faire mienne.

Je me redresse un peu, attrape son tee-shirt et le déchire. Ce sont par chance des vêtements spéciaux qui ne résistent pas lorsque l'on tire dessus. Ils sont spécifiques pour éviter les tentatives de suicide par pendaison.

Sa poitrine généreuse se dévoile sous mes yeux, ils sont une gourmandise à laquelle je ne peux résister. Je me jette dessus, les suce, les lape, les titille jusqu'à ce que ses gémissements emplissent la pièce.

— Maxime, prends-moi, je t'en supplie. J'ai besoin de toi !

Comment lui résister ? Il n'y a qu'elle et moi, tout disparaît. Je me lève, attrape son pantalon pour le faire descendre le long de ses jambes et me déshabille en vitesse. Je n'ai aucune protection sous la main, mais j'ai vu dans son dossier qu'elle prenait un contraceptif et qu'elle n'a aucune maladie sexuelle, alors nous nous en passerons.

Je me positionne entre ses jambes, passe un doigt sur sa fente déjà humide et sans plus de préparation, j'empoigne mon érection et la pénètre de quelques millimètres. Je la désire si fort que c'en est insoutenable.

J'attrape son visage pour prendre possession de ses lèvres et joue pendant un long moment à l'entrée de son vagin. Elle grogne dans ma bouche, cherche à enfoncer mon membre plus profondément, mais je veux profiter de cet instant, de ses retrouvailles. Malgré tout ce que je croyais, elle m'a manqué. Son corps est un paradis que j'avais occulté sauf que le souvenir va être difficile à gérer une fois sorti de cette pièce.

Soudain, elle mord ma lèvre et pour la punir, je la pénètre jusqu'à la garde d'un grand coup de reins. Son cri perce, m'excitant davantage. Je me retire pour de nouveau la prendre profondément.

Ses mains agrippent mes fesses et les serrent fort alors que j'entame un mouvement de va-et-vient brutal. Ses gémissements se répercutent sur les murs, autant que les claquements de nos peaux qui s'entrechoquent.

Mes sentiments envers elle se réveillent de leur léthargie. Cinq ans sont passés et pourtant rien n'a changé. Je la possède autant qu'elle me possède. Nos corps se reconnaissent, se rappellent, s'aiment…

Je glisse, encore et encore jusqu'à ce que son fourreau se resserre autour de mon membre. Ses parois se contractent, me compriment et soudain, elle hurle sa jouissance. Je ne peux plus retenir la mienne qui explose alors que ses membres se mettent à trembler. Elle est la seule et l'unique, à cet instant, rien d'autre qu'elle ne compte. Je me déverse en elle en de longs jets alors que mon corps s'affaiblit et que mes bras cèdent. Je n'ai aucune envie de sortir de son corps chaud, mais je vais finir par l'écraser. Alors à contrecœur, je me détache d'elle pour m'allonger à côté. Elle se tourne aussitôt et mes bras l'enveloppent instinctivement.

Ses doigts caressent distraitement mon torse.

— Tu es bien là ?

Je ne peux m'empêcher de sourire.

— Bien sûr mon soleil.

— Mais tu vas devoir partir...

Je passe mon pouce entre ses yeux pour effacer sa contrariété.

— Je reviendrai dès que ce sera possible. Ça paraîtrait bizarre que je reste avec toi. D'ailleurs, ne dis à personne que nous nous connaissons... Nous devons être discrets. Ce sera notre secret rien qu'à nous.

Elle recule la tête pour pouvoir poser ses yeux dans les miens.

— Tu as honte de moi ?

— Pas du tout ! Sauf que si ça s'apprend, j'aurai des problèmes. Je n'ai pas le droit d'avoir de rapprochement avec une patiente.

Elle semble réfléchir avant de hocher la tête.

— De toute façon, je ne vais pas rester longtemps ici, tu vas me faire sortir.

Ma respiration se bloque et mon corps se tend à cette affirmation. La réalité reprend ses droits. Je me suis égaré, je n'aurais jamais dû, mais ce qu'elle me demande est impossible !

— Te faire sortir ?

— Oui, pour que nous habitions ensemble et soyons de nouveau heureux. J'ai tout fait pour te retrouver, comme tu me l'as dit...

Je la lâche et m'assieds au bord du lit, la tête entre mes mains. Je ne peux pas accéder à sa demande. Elle doit suivre la thérapie, seul son médecin pourra décider de son sort.

Je reprends conscience de la réalité, de l'acte que je viens de commettre, de toutes les conséquences qui peuvent en découler et je me sens très mal. Ma tête tourne, je ne sais plus à quoi me raccrocher. Mon boulot est en danger, ma famille risque d'exploser, tout ce que j'ai construit peut disparaître uniquement parce que je me suis complètement laissé aller dans les bras de cette femme.

Je dois sortir de là et ne plus jamais y mettre les pieds. J'ai fait une grave erreur, j'ai été stupide. Je risque tout pour Ambre, une patiente internée dans mon service pour des troubles psychiatriques ! Si ça venait à se savoir, je serais un homme fini et n'aurais plus aucun avenir auquel me raccrocher.

Je me lève et commence à me rhabiller alors qu'Ambre tire la couverture pour se couvrir.

— J'ai dit quelque chose de mal ? s'enquit-elle.

Je ne sais pas comment la rassurer car je suis au plus mal. J'ai fait la pire erreur de ma vie, mais je ne peux pas le lui montrer. Je n'ai aucune envie qu'elle se rende compte de ma soudaine faiblesse, elle doit impérativement garder le secret !

Une fois vêtu, je me penche vers elle pour lui offrir un dernier baiser.

— Je te l'ai dit, je ne peux pas rester plus longtemps, personne ne doit nous voir ensemble. Tu me promets de ne rien dire ?

— Évidemment, je t'aime Maxime et ne veux que ton bien…

Un faible soulagement m'étreint. J'espère qu'elle tiendra parole !

Je me dirige rapidement vers la porte et avant de sortir, je vérifie que le couloir est vide.

— Reviens quand tu veux…, me susurre Ambre avant que je ne referme la porte derrière moi.

Je ne perds pas une seconde et me dépêche de retourner dans mon bureau. J'ai besoin de quelques minutes pour reprendre mes esprits. Je ne peux pas arriver comme ça chez moi, Charlotte remarquera forcément mon état.

Que m'a-t-il pris ? Je ne comprends pas pourquoi je me suis jeté sur elle. Je sais pourtant me retenir devant une belle femme, je ne suis plus un adolescent !

Je connais Ambre ainsi que son corps par cœur, mais ce n'est pas une raison. Si je pouvais, je me frapperais pour mon imbécilité.

Des petits coups frappés à la porte me sortent de mon énervement jusqu'à ce que je vois apparaître Rebeca.

Je tourne ma tête vers l'horloge qui m'indique qu'il est l'heure de la relève. Elle va bientôt prendre son poste de nuit. Il ne manquait plus qu'elle pour compléter le tableau de ma déchéance.

— J'ai vu que votre bureau était allumé, alors je me suis permise de venir vous voir.

— Il y a un souci ? demandé-je abruptement.

Elle se recule jusqu'à se cogner contre la porte tandis que son visage se décompose. Ses yeux se baissent vers le sol et bafouille :

— Je… Je suis désolée, je ne voulais pas vous déranger…

Elle tombe au plus mauvais moment. Si je n'étais pas d'une humeur aussi massacrante, je lui aurais bien dit de me faire une pipe pour me décontracter, sauf que ce soir, c'est justement le sexe qui est à l'origine de ma colère. Ces pulsions qui me pourrissent la vie…

Voyant que je ne suis pas décidé à profiter de ses faveurs, elle sort du bureau en refermant doucement la porte derrière elle.

J'aime le sexe, je ne m'en cache pas. Ça me vide aussi bien l'esprit qu'autre chose et me détend du stress journalier.

Rebeca est une femme gentille et douce, elle me rappelle Charlotte dans un sens... Sauf que j'ai besoin de brutalité dans mes rapports, la violence coule dans mes veines et je dois la laisser sortir par moment. Rebeca est là pour assouvir mes besoins. Elle se laisse prendre férocement contrairement à ma femme.

Charlotte est un ange que je ne désire pas abîmer alors j'ai dû trouver une alternative.

Mon téléphone se met à sonner quelque part sur mon bureau, je fouille sous les dossiers jusqu'à tomber dessus. C'est justement une photo de ma fabuleuse femme qui se dessine dessus.

— Allo ! réponds-je hâtivement.

— Tu es toujours au boulot ? Il commence à se faire tard, je m'inquiète... D'autant que j'ai quelque chose à te montrer.

Elle a été passer une échographie à laquelle je n'ai pu assister à cause de mon travail alors je me doute qu'une photo de notre bébé m'attend à la maison.

— Je pars tout de suite ma chérie.

— Je ne peux pas attendre, je dois te le dire ! me dit-elle tout excitée. C'est une fille ! Nous allons avoir une petite fille !

Mon cœur se sert à cette annonce, je suis ravi et soudain rempli d'amour.

Un enfant n'a jamais été dans mes projets et pourtant, je suis ravi qu'il arrive ! Un deuxième petit ange est sur le point de venir combler ma vie... Du moins si tout ne part pas à vau-l'eau d'ici là... Il va falloir que je m'en assure, je n'ai pas d'autre choix.

Chapitre 5

Ambre

Je suis sur un petit nuage. Il m'a été totalement impossible de me rendormir après le passage de Maxime tellement j'étais aux anges.

Il m'a surprise, je ne pensais pas qu'il viendrait à moi aussi rapidement. Je ressens encore son corps pesant sur le mien, son membre me procurant un plaisir sans nom. J'attends ça depuis si longtemps que j'avais presque perdu espoir de le retrouver un jour. Et pourtant, c'est bel et bien ce qui s'est passé. Nous sommes de nouveau réunis.

Les sentiments que je savais toujours présents se sont réveillés comme au premier jour. Je l'aime depuis que je me suis réveillée dans cet hôpital, à l'abri du danger, enfin en sécurité.

Huit ans plus tôt.

Je cligne des yeux alors que mon corps est tout engourdi. La douleur qui l'irradie est supportable, mais j'ai besoin d'oublier. Toutes ces images qui défilent dans ma tête sont infernales. Ces hommes qui me touchent, me pénètrent encore et encore dans tous les sens malgré mes hurlements. Personne ne m'aide, tous rigolent de cette femme qui se fait violer. J'ai conscience de ce qui m'est arrivée sauf que je ne dois pas les dénoncer, il me tuerait.

Je lève les yeux pour découvrir mon environnement qui lui n'a rien d'habituel. Généralement je me réveille au sol, nue, avec une pilule et un verre d'eau près de ma tête. Ce qui n'est pas le cas aujourd'hui. Je me trouve dans une chambre et un bip incessant se répercute dans mon crâne.

Je tourne la tête, il me faut ma dose. Il faut que j'oublie, que je parte dans un autre monde que celui qui est le mien. Je ne peux pas supporter ma vie telle qu'elle est. Je m'agite et malgré l'intérieur de mes cuisses qui me fait crier de douleur à chaque mouvement, je réussis à m'asseoir. C'est un supplice, mais ce n'est rien en comparaison des souvenirs.

Mon bras est relié à une machine et sans plus de cérémonie, j'attrape le fil et tire d'un coup sec pour le faire sortir de mon corps. Du sang gicle au sol, mais je ne m'en préoccupe pas. À peine me retrouvé-je debout que mon corps se mit à vaciller. Je me sens si faible... Je pose mes deux mains à plat sur le lit et prends de profondes inspirations. Mes mains se mettent à trembler alors qu'une boule d'angoisse monte en moi. Je ne vais pas tenir, je dois trouver de quoi me calmer tout de suite !

Je m'apprête à me redresser quand la porte de la chambre s'ouvre. J'ai la tête baissée et n'ose pas la relever. Il va me punir pour m'être enfuie, c'est certain. Ma respiration s'emballe et mes jambes ne me supportent plus, je m'effondre au sol alors que ma tête tourne affreusement.

Tout à coup, deux mains me soulèvent et je me retrouve de nouveau assise sur le lit. Mon regard croise celui d'un homme, un inconnu... Il va vouloir mes faveurs, c'est toujours comme ça. Voilà ma punition, me faire prendre alors que je suis au plus mal et que je n'ai pas eu ma dose de drogue nécessaire pour supporter ça. Malgré moi, mes larmes débordent, brouillant ma vue. Il veut que je sois pleinement consciente de ce qu'il m'arrive... La pire des tortures...

L'homme attrape mes jambes pour me rallonger et je le laisse faire, je n'ai plus de force. De toute façon à quoi bon, il me retrouvera toujours, je suis son jouet, qu'il use et abuse à volonté. Un sanglot passe mes lèvres alors que l'inconnu attrape une chaise et s'installe à côté du lit. Il attrape ma main et c'est comme si tout s'arrêtait autour de moi. Son contact n'est pas comme les autres. Il est doux, tendre et sa chaleur m'irradie. Je retire vivement mes doigts, ça ne peut pas être possible ! C'est la première fois qu'un contact ne m'est pas désagréable, je ne comprends pas.

Son regard se fait triste, mais aucune colère ne traverse ses yeux, aucune rage ne déforme son visage. Il est différent.

— Vous... Vous êtes à l'hôpital... Vous vous souvenez de ce qu'il vous est arrivée ? demande-t-il maladroitement.

Comment oublier ? C'est la question que je me pose tous les jours. La drogue n'est que temporaire. Une fois que son effet prend fin, tout me revient en pleine figure tel un boomerang. Il n'y a qu'une seule solution à mon problème sauf qu'elle est radicale et demande un courage qu'à l'heure actuelle je n'ai pas. Je me bats encore pour rester en vie, mais mes forces s'amenuisent de jour en jour.

Je hoche la tête et baisse les yeux, ne pouvant soutenir ce regard compatissant plus longtemps. Je me sens sale, minable en comparaison et ne veux pas salir cet homme qui a l'air si distingué.

— Je vous ai trouvée dans la rue... Vu vos blessures, j'ai préféré vous emmener directement à l'hôpital, j'espère que vous ne m'en voulez pas ?

Mes pleurs redoublent d'intensité, personne ne fait plus attention à moi depuis longtemps. Qu'il se soucie de ma santé serre mon cœur. Malheureusement, tout ce qui m'importe à cet instant est de trouver une petite pilule qui pourra me soulager.

— Il faut que je sorte d'ici..., réussis-je à souffler, malgré ma gorge sèche qui me brûle atrocement.

L'homme se redresse immédiatement prêt à me bloquer le passage.

— Vous ne vous rendez pas compte de votre état, vous ne pouvez pas vous en aller comme ça !

Je suis épuisée, mais je ne peux pas faire autrement. Je sais que ça veut dire devoir trouver une personne qui côtoie mon petit ami. Cet homme qui me fait souffrir constamment, mais je ne vois pas d'autres solutions...

Avant que je ne puisse partir, un médecin entre dans la chambre. Je suis terrorisée de me trouver là, mais grâce à cet homme dont je ne sais rien et qui ne me quitte pas un instant, je réussis à passer cette épreuve. Il n'a rien à gagner dans cette histoire et pourtant, il me soutient, d'un regard, d'un petit geste, d'une parole. Il est ce dont je rêve depuis toujours...

De nos jours.

Tous ces souvenirs me reviennent en mémoire au fur et à mesure des jours, me rappelant pourquoi je suis là. Il s'est battu pour moi, je dois en faire de même !

Après la routine matinale, je retrouve ma table favorite, occupée uniquement par, Jared.

— Bonjour, soufflé-je avant d'attraper ma tasse de café et d'en boire une gorgée.

En relevant les yeux, je suis surprise de le voir me fixer. Ses yeux descendent sur mon corps alors qu'un sourire s'épanouit sur mes lèvres. Il ne lui aura pas fallu longtemps pour craquer, j'en suis presque déçue.

— Je n'ai pas le droit à une petite pique bien sentie aujourd'hui ? lui demandé-je en me penchant en arrière et faisant ressortir ma poitrine.

Il me mate sans vergogne et j'en suis ravie. Je vois du coin de l'œil Elias, mon chaperon du jour qui suit attentivement notre conversation. Ne peut-on pas être tranquille cinq minutes dans cet endroit ? Je lui offre un sourire et il se détourne aussitôt en comprenant que je l'ai remarqué. J'attrape une mèche de cheveux et l'entortille autour de mon doigt.

— J'ai changé d'avis à ton sujet, me lance soudain Jared.

Je suis surprise, mais ravie qu'il lance la conversation.

— C'est à dire ? On ne se connaît pas, tu ne sais rien de moi alors comment pourrais-tu avoir un avis ?

Je crois deviner un faible sourire avant qu'il ne balance :

— Je te croyais complètement stupide et totalement inintéressante, mais finalement tu caches bien ton jeu.

Je fronce les sourcils, ne comprenant pas ce qu'il insinue et n'ai pas le temps de le lui demander qu'il se lève et traverse la pièce pour rejoindre un groupe en plein atelier peinture.

Me retrouvant seule, je jette un rapide coup d'œil autour de moi et repère tout de suite ma nouvelle amie. C'est l'occasion de faire connaissance, je n'ai rien de mieux à faire.

J'avale le reste de mon café avant de la rejoindre. Elle est en train de colorier un dessin, comme chaque jour qui passe. Les infirmiers appellent ça de l'art thérapie. C'est censé diminuer le stress alors que plus je la regarde faire, plus j'ai envie d'attraper sa feuille pour en faire des confettis. C'est une perte de temps incroyable.

— Salut, tu t'appelles comment ? tenté-je pour établir un contact.

Elle est tellement concentrée que ma phrase la fait sursauter. Il ne lui faut pas grand-chose pour lui faire peur. Elle devrait se méfier, montrer ses faiblesses est dangereux. Certains pourraient en profiter...

— Mély, me dit-elle du bout des lèvres.

— Moi c'est Ambre.

— Je sais.

Je tourne la tête vers elle, mais elle reste braquée sur ses crayons qui s'activent de plus en plus vite. Je n'ai pas fait une arrivée discrète, je le conçois, il n'empêche que je ne pensais pas être aussi populaire.

— Il ne parle jamais..., me chuchote-t-elle.

Pourquoi tout le monde me dit des choses incompréhensibles aujourd'hui ? Je m'apprête à lui demander de qui elle parle lorsque mon regard se pose malgré moi sur Jared. Il ne m'apprécie pas, je le sens, alors pourquoi m'adresserait-il plus de mots qu'aux autres ?

Je prends plaisir à le mettre en colère, c'est divertissant, mais je sais qu'en retour, sa haine à mon égard doit être immense. Il n'y a aucune logique à ce que je sois seule à pouvoir entendre sa voix. Cette fille doit se tromper. Après tout, elle vit dans sa bulle, elle ne doit pas vraiment connaître les personnes qui l'entourent.

— Mély, c'est un diminutif ? Parce que c'est bizarre comme nom. Je dirais Mélyne ou Mélody peut êt...

Je n'ai pas le temps de finir ma phrase qu'elle bondit de sa chaise et se jette sur moi en pointant son feutre au niveau de ma gorge. J'ai tout juste le temps de bloquer son bras avant qu'elle ne me le plante entièrement. Je n'ai jamais été très douée pour me battre, mais tenter de me protéger est une seconde nature. Je ne peux pas parer les coups, juste faire en sorte qu'ils ne soient pas si douloureux. Sa force est surhumaine, je ne vais pas tenir longtemps dans cette position. Son bras se rapproche encore et encore alors que son visage vire au rouge. Elle n'émet aucun son, mais n'en a pas besoin pour filer la trouille.

Je me débats et tente de la faire tomber. Sauf que rien n'y fait jusqu'à ce que tout à coup, son corps vole dans les airs pour se retrouver entre deux bras solides et musclés.

Elias la porte jusqu'à un mur assez loin de moi.

Je respire un grand coup avant de m'asseoir pour reprendre mes esprits.

Des pieds me font face alors je lève la tête pour voir un sourire sur les lèvres de Jared.

— Si j'avais été à sa place, j'aurais visé le cœur. C'est plus facile à atteindre et bien plus rapide... (Ses yeux se posent sur ma poitrine qui bat plus fort que la normale avant de me transpercer de ce regard clair.) Bienvenue parmi les détraqués de la société, Ambre.

Mon nom dans sa bouche devrait me faire peur alors qu'au contraire, il m'excite. Si son but est de m'effrayer, il va devoir se donner un peu plus de peine.

Il me lance un dernier sourire avant de disparaître de mon champ de vision.

Une infirmière vient aussitôt vérifier mon état, mais je n'ai pas une égratignure. Je me relève en remettant mon uniforme en place et lisse mes cheveux avec mes doigts. J'espère ne pas avoir l'air trop négligée.

Tout le monde reprend ses activités comme si rien ne s'était passé. J'ai l'habitude, ce n'est pas le premier centre dans lequel je suis enfermée, mais ce sera le dernier. J'attrape une chaise et la traîne en faisant un bruit infernal jusqu'à la vitre. Devant laquelle je m'assois.

Si Jared passe son temps devant ce n'est pas pour rien. Je veux en connaître la raison. Cet homme m'intrigue. Mon cœur appartient à Maxime, donc il n'y a rien de sentimental là-dedans, juste de la curiosité.

Je joue avec lui, mais il n'est pas en reste et ça me plaît. J'aime titiller autant qu'on me titille, je dois être un peu maso...

Les heures passent et se ressemblent. Il ne se passe rien...strictement rien ! L'ennui est mon ennemi car il me fait me souvenir. Certains moments sont joyeux, comme tous ceux passés avec Maxime, mais d'autres sont trop difficiles à gérer et je préfère les enterrer profondément.

— Je ne crois pas t'avoir autorisée à prendre cette place, me sort Jared de ma contemplation.

— Parce que tu crois que j'ai besoin d'une permission ? Ce que je veux je le prends, que ça plaise ou non.

Mon regard croise le sien et je ne peux m'empêcher de repenser à ce baiser, fugace et pourtant si intense.

Il attrape à son tour une chaise qu'il positionne en face de la mienne avant de s'y asseoir.

— Le paysage est de ce côté..., lui fais-je remarquer en pointant du doigt les bâtiments.

— J'aime la nouveauté.

Ses pupilles braquées sur moi sont loin de me déstabiliser. J'ai l'habitude que l'on me regarde dans les bons comme dans les mauvais moments alors s'il pense me déstabiliser, il perd son temps.

Les secondes passent sans qu'aucun de nous n'ouvre la bouche. Sa présence a néanmoins le don de me distraire.

Je ne sais pas comment il fait pour rester aussi concentré, mais c'est impossible pour moi. Je gigote sur ma chaise et lorsque je m'apprête à briser le silence, il me souffle :

— Son prénom c'est Mélody... Son père l'a violée de ses six ans jusqu'à ses dix-sept ans, et lui disait sans cesse que ses cris de jouissance étaient une belle « Mélody ». (Je ne suis pas insensible et cette histoire me touche même si j'en reste détachée.) Elle ne supporte plus ce prénom et dès qu'elle entend ce mot, elle fait une crise.

C'est terrible que de telles choses arrivent et j'en suis profondément attristée pour elle. Je comprends son emportement et ne lui en ai pas voulu une seconde. Nous avons tous, nos failles et nous sommes tous là pour une bonne raison.

— Et toi pourquoi es-tu là ? me demande-t-il soudain.

Croit-il vraiment que je vais lui raconter ma vie ? Je ne sais pas comment il a obtenu ces informations sur Mély, mais il ne risque pas d'en obtenir sur moi.

— Tu es psychiatre ?

Un sourire passe sur son visage.

— Je serais plus dérangé que mes patients...

J'ai envie d'en savoir plus sur lui, mais je sais qu'il ne me donnera rien si je ne le fais pas avant.

— J'ai pris de l'ecstasy pendant quelques années. J'avais fait une cure sauf que j'ai replongé à la suite d'une rupture.

Ce n'est qu'une infime partie que je lui livre, mais c'est comme si un petit poids s'échapper de mes épaules, comme si je prenais conscience du chemin que j'ai parcouru.

Jared se penche vers moi et me souffle sous le ton de la confidence :

— Je ne pensais pas que ce serait aussi simple de te faire parler. Tu vois qu'avec un peu de gentillesse, on obtient beaucoup plus de choses qu'en étant une peste. On ne joue pas dans la même catégorie ma belle, ne l'oublie jamais.

Il se lève tranquillement, remet sa chaise en place et se dirige vers la porte où une infirmière l'attend, certainement pour une séance avec la psychiatre.

Il est fort, je dois bien l'avouer. Il a obtenu des informations sur moi sans même me forcer, bien que je ne comprenne pas à quoi ça va lui servir. Nous sommes dans le même bateau qu'il le veuille ou non...

Chapitre 6

Jared

Je suis assez fier de moi, j'ai réussi à lui arracher une confidence sans aucune difficulté. Elle a l'air de se croire supérieure et au-dessus de nous pauvres fous sauf qu'il n'en est rien.

Je l'abandonne pour rejoindre l'infirmière qui m'attend devant la porte. Je sors de la salle commune pour rejoindre ma psychiatre lorsqu'en face de moi, j'aperçois Maxime sortir de son bureau. Saleté de coïncidence. Bien entendu, son regard croise le mien et je ne peux rien faire pour l'éviter.

Je n'ai aucune envie de lui parler, nous n'avons plus rien à nous dire. Sauf qu'il en a décidé autrement et s'avance déjà vers moi.

— Je m'en occupe Sophie, vous pouvez reprendre votre poste en salle commune.

Cette dernière a un moment d'hésitation connaissant les rapports que j'entretiens avec lui, mais elle fait finalement demi-tour. Il est le patron ici et personne n'ose le contrarier, comme s'il avait la science infuse.

Ce que personne ne sait c'est que me laisser seul avec lui est dangereux, d'autant qu'il me suffirait de peu pour m'en débarrasser... Nous sommes seuls dans le couloir et je suis libre de mes mouvements. La seule chose qui me retient est que ce ne soit pas encore le bon moment. Je veux détruire sa vie avant de la lui enlever.

— On m'a rapporté que tu passais du temps avec la nouvelle...

J'ai envie d'exploser de rire à cette remarque. Comme si ma vie avait une quelconque importance pour lui. Il m'a fait interner à la première occasion pour se débarrasser de moi. Je n'ai plus aucune confiance en lui.

Il était mon meilleur ami, la personne qui sait tout de moi. La chose qu'il a oubliée c'est qu'en retour, je le connais par cœur...

J'ai commis une grosse erreur qui a eu pour conséquence de me retrouver enfermé et je m'en veux chaque jour qui passe car je suis loin de Charlotte. Il y est pour beaucoup dans tout ça et la haine que je ressens pour lui est inqualifiable.

Ça fait plus d'un an que je croupis ici. Maxime en a profité pour épouser Charlotte et la mettre en cloque. Il a tout fait pour qu'elle ne le quitte jamais. Il a profité de mon absence pour s'assurer de l'avoir de son côté.

Cependant, je ravale ma colère pour lui répondre nonchalamment :

— Elle est tout à fait mon genre de femme, je veux juste la baiser.

Il avale sa salive en me fusillant du regard.

Nous n'avons pas l'autorisation d'avoir des relations sexuelles, sauf que je suis inventif et trouve toujours des moments propices pour le faire discrètement. C'est plutôt simple avec les infirmières. Les gardes de nuit ne sont pas de tout repos...

En attendant, cette petite Ambre est rafraîchissante. Elle est bien trop envahissante et provocante, mais c'est aussi ce qui la rend intéressante à mes yeux.

— Elle vient d'arriver, elle est fragile. Laisse-la tranquille.

Ce n'est pas moi qui ai cherché son contact, bien au contraire. C'est elle qui a tout fait pour que je perde mon sang froid à chacune de nos rencontres. Je ne sais pas ce qu'elle me trouve, mais on dirait que je suis son seul centre d'intérêt. Je ne suis qu'un homme après tout, si elle continue d'insister, je ne lui résisterai pas longtemps.

— Tu m'excuses, mais j'ai un rendez-vous, soufflé-je en reprenant ma route jusqu'au bureau de ma psychiatre.

Je passe devant Max sans lui prêter plus d'attention. Notre relation est compliquée depuis qu'il m'a fait entrer dans ce centre, comment ne pas en vouloir à un ami qui vous met en prison ? Moi en tout cas, je n'ai pas encore trouvé de réponses à cette question.

Je toque à la porte et entre sans attendre pour aller m'installer sur le divan.

— Bonjour Jared, comment allez-vous aujourd'hui ?

Cette phrase je l'entends toutes les semaines et au début je la détestais. Comment pourrais-je ne pas me sentir mal ? On me contraint à rester dans un endroit que je ne supporte pas, avec des gens tous plus étranges les uns des autres. Je ne m'y sens pas du tout à ma place, mais plus le temps passe et plus je me dis que c'est finalement peut être la seule à vraiment s'intéresser à mon sort. Elle est la seule à m'écouter pendant des heures raconter tout ce qui me passe par la tête, sans me juger. C'est son métier, encore heureux, mais j'aime à croire qu'il y a plus. C'est une épaule sur laquelle je sais que je peux m'épancher.

Nous ne sommes pas intimes, loin de là, mais elle me rappelle la relation que j'avais avec Maxime. Nous n'avions aucun secret l'un pour l'autre jusqu'à ce jour…

Une fois ma séance terminée, je me balade dans les couloirs avant de rejoindre la salle commune. Chaque porte s'ouvre grâce à un badge, j'ai déjà tout tenté pour sortir d'ici, mais le service est bien gardé. Ils me laissent aller et venir car je me suis tenu assez tranquille et que dans tous les cas, je ne suis plus interné ici pour très longtemps. Ce jour tant attendu approche. J'ai à la fois hâte et peur de me retrouver dehors. Ça fait quelques mois que je passe mon temps devant la fenêtre à réfléchir à mon avenir, à m'imaginer dans un appartement ou simplement dans la rue entouré de plein de gens. Je n'ai jamais eu peur de la foule, mais depuis de longs mois, je vis en huis clos. Ici, les relations avec les autres ne sont pas comme dans la vie « normale », les personnalités sont complexes et mystérieuses.

Je passe la porte et observe rapidement mon environnement.

La majorité des patients sont regroupés autour d'une table.

Tout le monde écoute religieusement Elias qui explique l'activité du jour.

Mes yeux se posent sur elle et je ne sais que penser de cette femme. Elle a un physique très avantageux c'est une évidence, mais elle le met trop en valeur. Comme si seul ça comptait alors qu'elle a l'air plutôt intelligente, bien qu'inconsciente de se mesurer à moi.

La première fois qu'elle m'a accosté, j'ai voulu tester sa résistance et elle m'a surpris. Plus d'une se serait enfuie en courant, mais pas elle. C'est comme si elle cherchait la douleur et ça m'intrigue. Elle n'a pas de toc bizarre et a même l'air plutôt saine d'esprit. Sa petite révélation n'était pas une grande surprise, mais elle a l'air d'en être guérie. Je n'ai remarqué aucun signe de manque. Elle est une énigme que j'ai envie de découvrir.

Je m'avance vers eux et tire une chaise pour m'installer. Ambre fixe ses yeux aux miens quelques secondes avant de reporter son attention sur Elias qui finit son petit laïus.

— Qui veut commencer ? demande-t-il en faisant un tour de table du regard.

Une vingtaine de cartes sont disposées au milieu de la table. J'ai déjà assisté à je ne sais combien de séances comme celle-ci, mais généralement, je ne participe pas. Je n'aime pas parler de ce qui se passe dans ma tête, j'évite tout contact en temps normal. Je n'ai aucune envie de me dévoiler.

— Moi je veux bien, lance Ambre.

Étrangement, ça ne me surprend pas. Tout le monde est assez réfractaire à montrer ne serait-ce qu'un tout petit truc de personnel, mais on dirait qu'elle s'en fiche, comme si rien ne la touchait vraiment.

Elias hoche la tête alors que Sophie reste en retrait pour vérifier que personne ne pète les plombs.

— Celle-ci, souffle-t-elle en posant le doigt sur la photo d'un petit enfant tenant une femme par la main. Ça représente la famille que je désire avoir. (Elle lève les yeux vers Elias.) C'est ça mon rêve...

Je ne l'ai jamais vue aussi sérieuse. L'ambiance est fébrile, tout le monde doit sentir qu'elle dévoile quelque chose de gros, qui la touche réellement.

Pour moi, construire une famille n'était pas une priorité. Je n'ai pas été assez loin dans mon engagement avec une femme pour ne serais-ce qu'y songer. De toute manière, les gens que l'on aime finissent toujours par nous quitter. Je l'ai appris à mes dépens et ne risque pas de l'oublier.

— Tu veux nous en dire plus Ambre ?

Son regard se perd sur la fenêtre et elle nous occulte complètement. Cette femme est assez fascinante. Mon attention se concentre beaucoup trop sur elle, il va falloir que je fasse attention. Elle se révèle bien plus attrayante que je ne le pensais.

Sans réfléchir, je pose ma main sur une des cartes. Un globe terrestre.

— Quand je sortirai d'ici, je veux voyager. Je veux voir le monde entier.

Ma voix la fait se reconcentrer sur le groupe. Elle me dévisage tout autant qu'Elias qui ne doit pas en revenir de m'entendre m'exprimer. Je me renfonce dans la chaise pour laisser la place aux autres.

Quelqu'un prend ma place, mais je suis trop obsédé par ses yeux verts qui me fixent. Elle passe une main dans ses cheveux bruns qui cascadent sur son épaule. J'ai envie d'elle ! J'ai beau me voiler la face, la vérité s'impose à moi. Je suis excité par cette femme.

Ambre quitte mon regard pour le reporter sur la table où un doigt est posé sur une montagne de bonbons.

— Mon rêve c'est d'habiter dans un magasin de bonbons. Je veux qu'ils soient de toutes les couleurs. Je pourrais même avoir une piscine remplie de bonbons et me baigner dedans.

Un rictus illumine le visage d'Ambre et je ne peux m'empêcher de sourire. Malheureusement, le mien disparaît aussitôt.

Une femme vient de passer la porte de la salle. Elle n'a pourtant rien à faire ici !

D'instinct, je me lève d'un bond et m'avance vers elle menaçant. J'attrape son bras pour la tirer à ma suite. Mon air sévère la dissuade de tout commentaire jusqu'à ce que nous arrivions dans un couloir désert.

— Jared…

Je la lâche avant de me mettre à faire les cent pas. Elle devrait être chez elle, au calme. Ce n'est pas un endroit pour elle dans son état. Quelqu'un pourrait être violent et la blesser !

— Qu'est-ce que tu fais là ? lui demandé-je, alors que mes nerfs sont à vif.

Pourquoi l'a-t-il laissée venir seule, il va m'entendre ! Mon regard la détaille et reste accroché sur son ventre rebondi. La dernière fois que j'ai vu Charlotte, ce n'était pas encore visible alors je l'observe comme s'il allait m'exploser au visage.

— C'est une petite fille…, souffle-t-elle avant de s'approcher de moi.

Sa main se pose lentement sur ma joue qu'elle caresse du bout des doigts avant de descendre au niveau de mon cœur. Elle baisse les yeux sur ses doigts et souffle :

— Tu me manques Jared.

Je serre les dents, elle a accepté ce que Maxime a proposé. J'essaie de ne pas lui en vouloir, mais elle est complice de mon enfermement. Elle aurait pu l'arrêter, mais elle n'a rien fait !

Avant d'être enceinte, elle me voyait tous les jours ici, étant infirmière. Elle aurait pu réagir, m'aider à sortir… Au lieu de ça, elle m'a ignoré et fait comme si je n'étais rien, comme si je n'étais personne pour elle. Au lieu de m'aider, elle m'a abandonné et j'ai beaucoup de mal à passer au-dessus de ça.

Elle mériterait presque que je lui balance les agissements de son mari. S'il croit être discret avec sa maîtresse, il est loin du compte. Rebeca rampe littéralement à ses pieds.

— Je voulais te voir. On m'a dit que ta sortie était programmée... Donc tu vas avoir des permissions.

Je sais comment ça se passe depuis le temps. On nous autorise d'abord des sorties de quelques heures qui augmentent au fur et à mesure si l'on respecte les horaires puis ça devient des jours entiers jusqu'à la délivrance. Ce qui veut dire que je n'ai plus beaucoup de temps pour faire payer Maxime... Une fois dehors, je ne compte pas m'éterniser ici. Mon tour du monde m'attend, rien ne m'y fera renoncer. Je le rêve depuis trop longtemps.

— Et alors ?

Elle relève ses yeux sur moi et son visage crispé ne me dit rien qui vaille.

— Tu... Tu pourrais venir à la maison ?

Je me recule, loin de son contact. Est-elle folle ? Moi et Maxime dans la même pièce pendant des heures. Elle qui observe chacune de mes actions et les décortique pour les analyser. C'est hors de question !

— Tu te fous de ma gueule ?

Son visage se décompose et je vois les larmes perler aux bords de ses yeux. Sa tristesse me fait mal au ventre et serre mon cœur, mais ma décision est prise.

— S'il te plaît, tu pourrais faire un effort. Quand la petite sera là, tu ne viendras pas la voir ?

Tout l'espoir que contient sa question est trop pour moi.

Elle ne cherche pas à se mettre à ma place, à essayer de comprendre. Je ne sais plus comment lui expliquer les choses. Cette discussion est récurrente et se termine toujours de la même manière.

— Nous voulions simplement t'aider Jared…

— Stop ! Rentre chez toi !

Je n'ai aucune envie de l'entendre plus longtemps. Sans lui laisser le temps d'ajouter quoi que ce soit, je retourne dans la salle que je viens de quitter.

Le groupe s'est dispersé et je repère tout de suite Ambre assise près de la fenêtre. Une chaise vide est positionnée vers elle. Cette femme est surprenante et quoi de mieux pour oublier ses soucis qu'un petit tête-à-tête ?

Chapitre 7

Ambre

Je ressens une pointe de jalousie envers cette femme que je ne connais pas, mais qui a concentré tout l'intérêt de Jared en une fraction de seconde. À peine a-t-elle posé un pied dans la pièce qu'elle a retenu toute son attention. C'est la première fois que je le voyais aussi en colère. Son visage qu'il tente de garder impassible s'est pourtant entièrement dévoilé pour elle.

Il a quitté la table telle une furie. Personne n'a compris ce qu'il se passait. Même les soignants n'ont pas eu le temps de réagir. Ce qui est étrange c'est qu'ils ne s'en sont pas vraiment inquiétés. Ils ont simplement levé la tête et repris l'activité comme si rien ne s'était passé. C'est étrange...

Chacun continue à exprimer ses rêves alors que mes pensées se dirigent vers deux hommes. Maxime me hante jour et nuit, il est le seul à qui je peux faire confiance, le seul qui me connaisse avec toutes mes blessures. Mais étrangement, le visage de Jared a du mal à me quitter. Sous son apparence rigide, je suis sûre qu'il n'est pas si méchant. Il est mystérieux et m'intrigue. Il faut que je me rapproche de lui, que je rende Maxime jaloux et peut-être qu'il accélérera les choses pour me faire sortir. Je ne pense qu'à le retrouver, à me coller contre lui, entre ses bras solides. Il est mon protecteur, mon sauveur. Sans lui, je ne pense pas que j'aurais survécu.

L'activité se termine et je décide de me poster devant la fenêtre, tel que j'en ai pris l'habitude depuis mon arrivée.

Mon regard s'évade et malgré moi mes souvenirs surgissent.

Huit ans plus tôt.

Une semaine que je suis allongée sur ce lit à souffrir le martyre. Personne n'a voulu me donner ce que j'attends. On a analysé mon corps sous toutes ses coutures et je me sens terriblement mal.

Le médecin et la police m'ont interrogée, mais que puis-je leur dire ? Je ne me souviens de quasiment rien. Je sais ce que j'ai subi sauf que je ne me rappelle d'aucun visage ni parole des auteurs. La drogue me brouille l'esprit. J'ai quelques flashs par moment sauf que c'est trop peu. Ce sont surtout des moments difficiles que j'essaie d'enfermer au plus profond de moi. Les voir réapparaître me fait terriblement souffrir. C'est comme si je les revivais.

La porte s'ouvre pour laisser entrer cet homme. Il vient chaque jour me tenir compagnie le soir après son travail. Il s'appelle Maxime.

Il m'a raconté la manière dont il m'a trouvée dans la rue, l'état dans lequel j'étais... Je l'ai remercié et ne pensais plus le revoir sauf qu'il continue de me rendre visite. Chaque jour, je me demande s'il va venir, s'il ne s'est pas lassé. Pour quelle raison voudrait-il rester auprès de moi ? Je n'ai rien à lui offrir, il n'a pas besoin d'une personne comme moi dans sa vie alors je ne comprends pas pour quelle raison il s'accroche.

Il s'approche et dépose un baiser sur mon front, comme tous les jours.

— Comment te sens-tu ?

Je ne sais pas si je peux vraiment le lui dire, je ne pense pas qu'il comprendra. Personne n'a conscience du mal qui me ronge.

— Ça va...

Il fronce les sourcils alors qu'il tire la chaise pour s'asseoir à mes côtés.

— Tu n'as pas à me mentir, je peux tout entendre. Je te l'ai dit, je suis à la fin de mes études de psychiatre, tu peux parler sans restriction. Je ne suis pas là pour te juger, au contraire, j'aimerais t'aider.

Je ne peux plus soutenir son regard compatissant. Je ne me rappelle pas de la dernière personne qui m'ait dit ce genre de paroles. Des émotions enfouies se réveillent et me submergent. Je fonds en larme.

Sans que je m'y attende, Maxime m'entoure de ses bras. Je m'apprête à me reculer sauf que son contact est différent. Il ne m'est pas désagréable, je n'ai pas l'impression d'être forcée.

Qui est cet homme qui renverse mes certitudes, qui bouleverse mes sens ?

Il finit par se reculer mal à l'aise.

— Je suis désolé, je ne sais pas ce qu'il m'a pris. Je ne supporte pas de te voir triste.

Dans un geste non réfléchi, j'attrape sa main. Il est surpris, mais me laisse faire. J'entrecroise nos doigts, pour ne pas qu'il m'abandonne. J'ai besoin de quelqu'un sur qui m'appuyer, je ne serai pas assez forte toute seule.

— J'ai besoin des cachets qu'on me donnait.

Son visage reste impassible, comme s'il s'y attendait.

— C'est de la drogue Ambre. C'est dangereux pour ta santé. On va t'aider à trouver un moyen de te désintoxiquer. Je connais un centre qui est très bien réputé.

Je cligne des yeux, ne comprenant pas ce qu'il me dit.

— Tu... Tu veux m'enfermer ?

J'arrache ma main à la sienne alors qu'une faille se crée en moi. Il ne veut pas m'aider. Je ne suis pas une droguée comme il a l'air de le penser. J'ai juste besoin d'un cachet pour pouvoir supporter tout ce qui m'est arrivé. Le médecin m'a dit qu'il me donnait un substitut en attendant que je puisse sortir, mais c'est trop peu. Les effets ne durent pas longtemps.

— Ambre, je ne pense qu'à ton bien. Tu ne peux pas rester dans cet état de manque. Tu vas finir par te faire du mal ou en faire à quelqu'un. Tu dois te soigner et ensuite, je serai là. Je t'aiderai à retrouver la vie que tu avais.

J'ai du mal à y croire. Je ne représente rien pour lui, si ce n'est une bonne action. Il pourra se vanter d'avoir aidé une âme détruite, bousillée par de mauvais choix. Je ne veux pas de sa pitié.

— Je n'irai nulle part ! commencé-je à hurler.

Je m'agite dans mon lit et finis par en descendre.

Il fait le tour pour me faire face sauf que je ne veux plus le voir. C'est un traître !

Je le repousse, mes deux mains sur son torse, mais ma carrure ne fera jamais le poids face à la sienne. Je suis encore faible.

Il finit par se pousser de mon chemin et je ne perds pas une seconde pour ouvrir la porte. Je dois partir avant qu'il ne mette son plan à exécution, c'est ma seule chance !

Un courant frais me fait frissonner alors que je ne porte qu'une chemise de nuit bleue.

J'avance dans le couloir d'un pas mal assuré, mes membres me font encore souffrir.

— Où comptes-tu aller ? Je ne peux pas te laisser m'échapper comme ça. Arrête de faire la gamine Ambre.

Son ton condescendant me révolte et je me tourne vers lui. Ma tête tourne, je dois me rattraper au mur pour ne pas m'effondrer.

— Pour qui te prends-tu ? Tu n'es personne, je fais ce que je veux que ça te plaise ou non !

Une rage coule dans mes veines, personne ne me dit ce que j'ai à faire et encore moins un inconnu ! Je me retourne vers lui et balance mon poing en direction de son visage. Il a bien sûr anticipé mon geste. Mes poignets se retrouvent dans mon dos, bloqués par l'une de ses mains alors que de l'autre il caresse ma nuque. Je tente de me détacher de lui, mais n'y arrive pas.

Ses yeux braqués sur ma bouche m'indiquent clairement ses intentions et je n'ai pas le temps d'y réfléchir qu'il fond sur moi. Ses lèvres capturent les miennes sensuellement, calmement. Je ne me rappelle pas qu'on m'ait déjà embrassée de cette manière. Je n'ai plus envie de le repousser, plus aucune envie de m'éloigner. C'est comme s'il apaisait mes maux, les éloignaient.

Je ne pourrai plus me passer de ses doigts sur ma peau, de nos bouches enlacées, de nos corps unis, il est ma nouvelle drogue...

De nos jours.

Une présence à mes côtés me ramène à la réalité. Je lève les yeux vers Jared qui est appuyé contre la fenêtre et me détaille, les bras croisés.

— Tu es bien pensive...

Un sourire passe sur mes lèvres. Chercherait-il à en apprendre plus sur moi ? Est-ce un nouveau stratagème pour que je me dévoile ?

— C'était qui cette femme ? décidé-je de demander avant de me laisser aller à la confidence.

— Tu es bien curieuse.

Je reporte mon regard sur la vitre me soustrayant à son regard.

Qui ne l'est pas ? Tout le monde veut savoir ce qu'il se passe dans la vie des autres et encore plus ici. Ce n'est pas comme si tous les jours, il arrivait quelque chose d'extraordinaire.

— La gentillesse ne fait pas tout, soufflé-je. Si tu ne donnes pas une partie de toi, la personne ne te donnera rien en retour. C'est comme ça que ça marche.

Un rire que je n'attendais pas me fait me redresser. Jared rit de plus belle en voyant mon air incrédule.

— Alors comme ça, tu réfléchis à ce que je te dis…

Je secoue la tête et lève les yeux au ciel. J'y ai peut-être effectivement pensé, mais je ne lui ferai pas le plaisir de le lui avouer.

Il s'installe sur la chaise que j'ai mise en face de moi et il crache :

— Ma sœur.

Je suis à la fois surprise par sa parentalité et par sa réponse pleine de colère.

Je suis fille unique alors j'ai du mal à me faire une idée de la relation qu'il peut avoir avec elle. Peut-être qu'avec un frère ou une sœur, je n'en serais pas là aujourd'hui.

Je ne regrette pas tout ce qui m'est arrivé car ça m'a permis de rencontrer l'amour de ma vie, même si j'aurais préféré que ce soit dans d'autres circonstances.

— Tu veux aller te balader ?

Je le fixe comme s'il venait de dire quelque chose d'idiot. Jusqu'à présent, on ne m'a pas laissée aller seule où que ce soit.

— On a le droit de sortir de la salle, tu étais nouvelle, il fallait te surveiller, mais tu commences à t'adapter et puis tu es avec moi, me dit-il en ouvrant les bras.

Je penche la tête et hausse les épaules. Pourquoi pas ? Je n'aime pas spécialement me retrouver en tête à tête dans un couloir, mais ça me changerait les idées ?

Je me lève et suis Jared jusqu'à la porte de la salle commune. Je m'avance lentement, prête à me faire stopper, mais personne ne réagit. C'est un peu comme si je m'évadais d'une prison, je suis tout excitée.

Nous traversons un premier couloir, puis un second et je me rends vite compte que nous tournons en rond, mais c'est tout de même distrayant.

— J'aimerais pouvoir aller dehors, soufflé-je.

Jared se tend à côté de moi alors je referme la bouche et n'ose plus rien dire. Nous marchons encore et encore jusqu'à ce qu'il pile d'un coup.

— C'est à cause d'elle que je suis enfermée ici...

Je ne m'attendais pas à une telle révélation. Il est si secret que je m'accroche à ce tout petit bout de sa vie qu'il daigne partager.

— Elle m'a trahi alors que nous étions soudés.

— Elle reste ta famille..., chuchoté-je.

Jared pose le regard sur moi et j'ai comme l'impression qu'il va me sauter à la gorge. Je recule jusqu'à me cogner contre le mur. Je sens bien que cette parole était en trop, mais je donnerais tout pour en avoir une.

Jared s'approche lentement et je ne peux m'empêcher de poser mes mains sur son torse. Je dois garder une distance.

— De quoi tu te mêles ? Tu sais ce que ça fait de passer un an et demi dans un asile à cause de ta « famille » ?

Je secoue la tête en affrontant son regard glacial. Ses doigts se posent sur ma taille et mon sang pulse à mes oreilles. Je ne supporte pas qu'on me touche. Ma respiration s'accélère, j'attends le dégoût, la nausée, et pourtant, rien ne vient. Sa main glisse sur mon corps jusqu'à se retrouver autour de mon cou, me rappelant quelques jours auparavant.

Il l'entoure et l'observe, comme s'il avait les réponses à ses questions intérieures.

— Pourquoi n'as-tu pas peur ? demande-t-il près de mes lèvres.

— Pourquoi aurais-je peur ? Tu ne vas pas me tuer. Et même si tu en avais l'intention, morte ou vivante, peu m'importe. Quelqu'un a déjà pris tout ce qu'était ma vie, tu arrives trop tard…

Il approche son visage de mon cou et renifle bruyamment.

— Tu sens bon… Mais arrête de me défier sans cesse, un jour ou l'autre, tu pourrais le regretter. Je sais des choses… Beaucoup de choses…

Sur cette énigme, il se recule et remonte le couloir, me laissant seule contre le mur.

Son humeur est si changeante, j'ai du mal à le cerner et pourtant, c'est totalement absurde, mais il m'attire.

Je passe une main pour remettre mes cheveux en place et m'avance vers le même couloir qu'il a emprunté quelques minutes plus tôt.

— Tu ne devrais pas être là, il a raison Charlotte.

Cette voix, celle qui hante mes rêves depuis huit ans. Je me plaque contre le mur et écoute discrètement leur conversation.

— Je voulais essayer de le voir avant sa première permission…

Un silence se fait et je ne peux m'empêcher de m'avancer jusqu'au coin et me penche très lentement pour observer la scène.

La sœur de Jared se trouve dans les bras de Maxime ! Et comme si je n'avais pas bien compris la scène, elle pose doucement ses lèvres sur celles de l'homme que j'aime.

Je cligne des yeux, je dois halluciner, ce n'est pas possible autrement ! Il est à moi, il m'aime, il me l'a prouvé en me rejoignant dans ma chambre !

Je me recule, il ne doit pas me remarquer. Ma respiration s'emballe alors que ma tête se met à tourner violemment. Il me trompe, il a une autre femme. Une femme qui est enceinte !

Je me sens mal, je vais tomber dans les pommes, je dois bouger. Je mets un pas devant l'autre sans vraiment prêter attention à la direction que je prends. Je suis détruite, en miette. Il est ma raison de vivre, la seule qui me retient sur Terre.

Je continue ma marche jusqu'à me trouver dans le couloir qui dessert ma chambre. J'ai besoin de calme, besoin de trouver une solution. Je dois le ramener à moi, c'est la seule acceptable.

J'avance dans ce petit espace jusqu'à rejoindre la salle de bain. Je dois reprendre contenance. Il n'a pas le droit de m'abandonner, pas lui ! Il m'appartient et je compte bien le lui rappeler.

Je me passe de l'eau sur le visage et en relevant les yeux, je tombe nez à nez avec une petite pilule blanche posée sur le lavabo.

Je m'en éloigne comme si c'était un animal féroce prêt à me dévorer. Qu'est-ce que ça fait là ? Comment est-ce possible ? Je ne comprends pas.

Une main sur mon cœur, tentant de le calmer, je m'avance lentement. Je regarde tout autour de moi avant de m'en emparer. Je l'approche de mes yeux pour pouvoir détailler cette pilule et mes mains se mettent à trembler en remarquant qu'elle a exactement la même forme de petite étoile.

Mon corps se rappelle, la douleur qui diminue, les pensées qui s'évadent... J'avale difficilement ma salive. Il suffirait que j'écarte les doigts pour la faire tomber dans le lavabo. Un tout petit geste pour la faire disparaître. Il faut que je le fasse, je suis clean maintenant.

Le visage de Maxime me traverse alors l'esprit. Ça serait si simple d'oublier son affront, en quelques minutes, tout mon monde se voilerait. Je pourrais oublier, c'est déjà ce que j'ai fait lorsqu'il m'a quittée pour venir ici...

J'ai juste à la mettre dans ma bouche, à la faire glisser entre mes lèvres et ce sera fini. Juste une fois, le temps de me remettre d'aplomb. De toute façon, je ne sais pas d'où elle sort et n'en aurai sûrement pas d'autres.

Un frisson me parcourt, je suis excitée à l'idée de goûter à nouveau à ce calme intérieur, cet apaisement temporaire.

C'est un geste que j'ai fait des dizaines, voire des centaines de fois, c'est facile.

Je porte mes doigts à ma bouche et pose la pilule sur ma langue. Je la roule pour la mettre au fond de ma gorge et l'avale. Je suis faible, j'en ai conscience, mais cette traîtrise de la seule personne en qui j'avais confiance, me retourne les entrailles.

Je l'aime à en mourir, je ferais tout pour lui, j'ai tout fait pour lui plaire et pourtant... Je ne lui suffis pas. Il m'a remplacée, j'ai mis trop de temps à accomplir sa liste, je suis nulle. Finalement, je ne le mérite pas, je ne mérite personne. Et ma punition sera de rester seule jusqu'à la fin de ma vie.

Je me laisse tomber au sol, attrape mes genoux entre mes bras et me balance doucement.

Bientôt je serai au calme, je n'ai qu'à attendre quelques minutes et j'oublierai tout !

Chapitre 8

Jared

Ambre me retourne le cerveau. Cette femme m'exaspère autant qu'elle m'attire. J'ai une attraction particulière envers elle. C'est inexplicable et inattendu. Je ne sais pas trop comment me comporter en sa présence. J'ai essayé les confidences, mais vu la colère qui m'a emporté lorsqu'elle a parlé de ma famille, c'était une très mauvaise idée. La violence ne fonctionne pas non plus, elle s'en fiche royalement et n'est même pas effrayée. Elle est différente.

Peu de femmes qui entrent dans ce centre sont assez lucides pour tenir une discussion et encore moins pour m'approcher de leur plein gré. Je fais tout pour être distant, pour qu'on me laisse en paix, sauf qu'avec elle, rien ne se passe comme avec les autres. J'ai tout fait pour la repousser, mais c'est comme si au contraire, ça l'attirait encore plus.

Sa ténacité m'interpelle. Pourquoi l'intéressé-je autant ?

Je remonte le couloir sauf qu'en face de moi se dessine le seul infirmier que j'arrive encore à supporter. Mais aussi celui à qui je m'en suis pris lors de mon dernier accès de colère.

Elias se tient droit devant moi, un bleu autour de l'œil. Je ne suis pas fier de ce que j'ai fait, mais ce soir-là, j'ai disjoncté. Se retrouver enfermé dans une pièce alors que vous avez toute votre tête et ne jamais en voir la fin, à la longue, ont fini par craquer. Je ne suis pas fou. Tout le monde peut penser ce qu'il veut, mais je sais la vérité et malgré le fait que j'en parle à tout le monde, personne ne réagit. Comme si Maxime était le gourou, qu'il avait tous pouvoirs ! Ce service est une secte dirigée par un narcissique qui se pense être le centre du monde. Il manipule tout le monde à sa guise et personne ne voit rien.

— Salut..., me lance Elias.

Je baisse les yeux sur mes chaussures. Je n'ai pas souvent eu à m'excuser dans ma vie, mais cette fois, c'est plus que nécessaire. Je n'aurais pas dû m'en prendre à lui, il ne méritait pas la violence dont j'ai fait preuve.

— Je suis désolé, soufflé-je en redressant la tête pour lui faire face.

Je ne devrais sûrement pas, mais je le considère comme un ami. Il est toujours présent lorsque je me sens mal, toujours à m'écouter quand j'ai besoin de parler. C'est d'ailleurs le seul à qui je me confie, le seul en qui j'ai confiance.

— Je les accepte uniquement si tu me dis ce qui s'est passé dans ta tête. J'essayais de te raisonner, mais c'était comme si tu ne m'entendais pas.

Comment lui expliquer ? Il ne comprendrait pas et ne dois rien savoir de ce qui se trame dans ma tête !

— Je crois qu'à force de vivre cloîtré ici, je deviens comme ses occupants. Je ne peux pas t'expliquer, j'étais dans un état second.

Il pince les lèvres, je sais qu'il ne comprend pas, mais je ne peux rien dire de plus.

Il se frotte le crâne avant de hocher la tête. Je sais qu'il aimerait plus, mais c'est tout ce que je peux lui donner.

— Tu devrais en parler avec la psychiatre...

Je sais ce que j'ai à faire, que ma réaction n'est pas quelque chose d'acceptable, mais il est hors de question que j'en parle à qui que ce soit. Ma libération est programmée, je ne ferai rien qui puisse la compromettre.

— Bien sûr, soufflé-je en me remettant en route.

Je veux retourner dans ma bulle. J'en ai marre de m'expliquer et même de parler tout simplement.

Je rejoins la salle commune et vais m'installer sur ma chaise, au même endroit que d'habitude.

Aujourd'hui le soleil est caché. Des nuages parsèment le ciel, représentant mon humeur à la perfection. Mon regard descend lentement vers les bâtiments d'où rentrent et sortent des gens. Ils font leur vie sans se soucier de nous, sans même penser que quelqu'un peut les observer.

Malgré moi, le visage de ma sœur s'impose à moi. Son corps modifié par la grossesse, sa joie de m'annoncer que c'est une petite fille... Je me sens ingrat de ne pas m'être réjoui, mais c'est au-dessus de mes forces. Maxime était mon meilleur ami, la personne idéale pour prendre soin de ma sœur... Mais tout a changé.

Avec Charlotte, nos relations ont toujours été fusionnelles. Elle est plus jeune que moi et j'ai toujours eu un petit côté protecteur. Notre famille était soudée. Les relations avec nos parents ont toujours été bonnes même si comme dans toutes les familles, nous avions parfois des désaccords. Ce n'était pas parfait, mais je n'avais rien à leur reprocher, ils ont tout fait pour nous, pour que nous ayons une bonne éducation, pour que nous ne manquions de rien et je ne peux que les en remercier.

Ce jour où ma vie a basculé est encore ancré en moi tel un tatouage qu'on aimerait effacer, mais qui malheureusement ne disparaîtra jamais complètement.

Mon père nous a rassemblés dans le salon pour nous annoncer une terrible nouvelle, celle que je ne souhaite à personne. Il était malade, tellement qu'il ne lui restait que quelques mois à vivre. Ma mère pleurait, ma sœur était choquée et moi j'observais la scène comme si ce n'était pas réelle, comme si c'était une blague. De mauvais goût certes, mais juste une bêtise pour nous faire peur. Sauf que le choc a fini par me percuter, à m'engloutir dans le désespoir. Il était mon pilier, la personne que je voulais devenir, le seul à qui je voulais ressembler... Et il allait me quitter, m'abandonner.

Après un coup de colère, je me suis repris. Je voulais profiter de chaque instant avec lui, si bien que j'ai réinvesti ma chambre d'adolescent. Ma mère était ravie, mais les relations avec ma sœur ont commencé à se fissurer. Elle ne comprenait pas que je veuille passer chaque minute possible avec notre père. J'avais besoin qu'il me parle, qu'il me conseille pour mon avenir... C'est quand on perd quelqu'un qu'on se rend compte de sa valeur à nos yeux et l'annonce de sa maladie a été comme un électrochoc. Je n'avais pas passé assez de temps avec lui, je ne lui avais pas assez parlé et je refusais l'idée qu'il s'en aille.

Sauf qu'il est parti... En une fraction de seconde, son cœur a cessé de battre et sa vie a pris fin.

C'est si simple et si affreux. Un claquement de doigts pour que mon existence n'ait plus lieu d'être. Ce jour-là, j'ai tout perdu.

Repenser à tout ça remue mon estomac et me serre le cœur. Jamais je ne ferai le deuil de mon père.

Je passe une main dans mes cheveux pour tenter de le faire disparaître de ma mémoire ne serait-ce qu'un instant.

Je tourne la tête pour penser à autre chose et en observant la salle, je remarque qu'Ambre n'est toujours pas revenue.

Pourquoi fais-je attention à elle ? Elle fait sa vie et je fais la mienne...

Je pose un pied contre le mur pour reporter mon attention sur l'extérieur. Bientôt, je serai à leur place, au milieu de la foule. Je pourrai de nouveau me promener à l'air libre. Ma respiration s'accélère alors qu'une angoisse me traverse, je ne sais pas comment je vais de nouveau supporter ce monde que j'ai quitté il y a un an et demi. Ça me paraît tellement loin...

Mes yeux se déportent à nouveau vers la porte alors que je me demande ce qu'elle peut bien faire. Je n'ai pas à m'inquiéter pour elle. Ambre est assez grande et n'est pas du genre à se laisser faire. De toute façon, que peut-il bien lui arriver ?

Un :

Il faut vraiment que j'arrête de m'en faire pour elle. L'étage est entièrement sécurisé.

Deux :

Allez, passe la porte ! Ambre, que fais-tu ?

Trois :

Mes jambes commencent à bouger de leurs propres initiatives, ça me démange de la rejoindre.

Quatre :

Je me lève, je dois bouger, penser à autre chose. Je m'avance vers la vitre, mais mes pensées restent concentrées sur cette belle brune.

Cinq :

J'arrête de résister et rejoins le couloir à grandes enjambées.

Je fouille l'étage jusqu'à arriver aux chambres. Mon esprit part dans tous les sens, elle n'est nulle part ! J'ouvre chaque porte sans la trouver jusqu'à arriver à la sienne.

Elle est légèrement entrouverte. Je la pousse doucement et reste interloqué par ce que je vois.

Ambre est allongée au sol et chante joyeusement en dansant avec ses mains.

Je me frotte les yeux pour être sûr que je ne suis pas en train d'halluciner, mais elle est toujours là, dans la même position.

— Ambre ?

Elle ne répond pas, mais continue de chanter de plus en plus fort.

Perdant patience, je me baisse jusqu'à attraper l'une de ses mains. Le silence revient instantanément alors que ses yeux se braquent sur les miens.

— Pourquoi as-tu arrêté la musique ? demande-t-elle en fronçant les sourcils.

Elle a l'air ailleurs, comme dans un autre monde, c'est étrange. Jusqu'à présent, elle a toujours été bien ancrée dans le monde réel.

— Tu veux bien te lever ? tenté-je de la faire distraire.

Un immense sourire s'affiche sur son visage et elle est encore plus belle comme ça. Elle retire sa main de la mienne pour prendre appui au sol et s'asseoir.

Je l'enjambe pour l'aider à se lever en la soulevant sauf qu'avant que je fasse le moindre mouvement, elle empoigne mon sexe. Mon souffle se coupe alors qu'elle se met à le caresser vigoureusement.

J'attrape fermement son poignet, à quoi joue-t-elle ? Je serre de plus en plus fort jusqu'à la faire relâcher sa prise.

— Qu'est-ce que tu fous ? m'énervé-je.

Je me recule aussitôt pour me tenir hors de portée. Son attitude est incompréhensible. Un sanglot me ramène à elle. Elle a les mains sur le visage et renifle bruyamment.

— Tu ne veux pas de moi, personne ne veut de moi... Je suis une bonne à rien que personne n'aimera jamais. Je suis sale, si sale.

Elle retire ses mains en se griffant le visage. Je me jette sur elle pour qu'elle arrête de se faire du mal. Elle délire totalement !

J'attrape ses deux mains pour les joindre aux miennes et la tire vers moi.

— Pourquoi dis-tu des choses pareilles ?

Ses larmes qui ruissellent le long de ses joues me serrent la gorge. J'ai du mal à lui parler et en même temps, je ne sais pas quoi lui dire pour la rassurer.

— Tu ne me veux pas, Maxime ne me veut pas, tout le monde me rejette. Quoi que je fasse, tout le monde me ment. Il m'a trompée. J'ai tout fait pour lui et il en baise une autre ! Et toi tu me rejettes. Ce n'est pas juste ! hurle-t-elle.

Je n'ai pas le temps de répondre qu'Elias débarque en courant.

— Il se passe quoi là ?

Les pleurs d'Ambre redoublent d'intensité alors qu'elle chuchote :

— Il a voulu abuser de moi !

Je la lâche comme si elle m'avait brûlé. Elle déconne ! Elle n'a pas vraiment osé dire ça ?

Elias me regarde et je secoue la tête alors que la rage monte en moi. J'essaie de l'aider, de la réconforter et elle se permet de sortir ça !

— Elle délirait par terre. Elle chantait toute seule, tenté-je de me justifier.

Elias s'approche d'Ambre doucement pour ne pas la brusquer.

— Que se passe-t-il Ambre ? Tu te sens bien ?

Elle relève les yeux et se met à gratter ses bras comme si un millier de fourmis la piquait.

— Oui, oui, oui, ça va. Je veux dormir, je dois me reposer.

Elle se recule pour s'allonger sur son lit alors qu'Elias me fait un signe de tête pour sortir de la chambre. Je ne me le fais pas dire deux fois, elle est complètement timbrée. Je me poste contre le mur à côté de la porte le temps de reprendre mes esprits.

— Il me faut une autre pilule, souffle-t-elle.

— Quelle pilule Ambre ? Tu as déjà eu tes médicaments…

— Non ! Pas ça ! La drogue pour oublier. Je dois faire partir la douleur dans mon cœur.

Un silence s'ensuit et je m'apprête à partir lorsqu'Elias passe la porte et la referme doucement.

— Elle s'est endormie d'un coup. Tu devrais rejoindre la salle commune Jared.

— C'est quoi cette pilule ? De quoi parle-t-elle ?

Il secoue la tête l'air mal à l'aise.

— Je vais me renseigner sur ça. Tu n'aurais pas dû intervenir, tu aurais dû m'appeler !

Je souffle, je ne suis pas un gamin et vu le gabarit d'Ambre, que veut-il qu'elle me fasse ? Elle est menue et ne fait pas le poids face à moi.

Je préfère ne rien répondre et faire ce qu'il me dit. Après tout, elle n'a pas hésité à inventer n'importe quoi sur moi, je ne vois pas pourquoi je continuerais à me préoccuper d'elle. Elle est peut-être magnifique, énigmatique, attirante, attachante, ce n'est pas une raison pour que je la laisse dire ce qu'elle veut de moi.

La seule chose qui me retient et qui fait que je passerais sur ses paroles est qu'elle est parfaite pour ma petite vengeance. Et dans un sens, sa réaction est tout ce qu'il me fallait. Elle me rappelle que je ne dois m'attacher ou me lier à personne et continuer d'avancer seul.

Je vais profiter d'elle jusqu'à ce que la vie de Maxime s'effondre. Ensuite, je la jetterai comme elle le mérite.

Chapitre 9

Ambre

Je me réveille, malgré un mal de tête terrible qui me force à ouvrir les paupières. Mes yeux parcours la pièce avant de se refermer.

Ce n'était pas un cauchemar, je suis vraiment internée...

Tout mon corps me fait souffrir, mais je me force à me redresser. Tout est flou. Comment suis-je arrivée là ?

Alors que je prends appui sur mes bras pour me redresser, la porte s'ouvre, laissant entrer Rebeca. L'inquiétude se peint sur son visage lorsqu'elle pose les yeux sur moi, que lui arrive-t-il ?

— Bonjour Ambre, souffle-t-elle doucement. Comment te sens-tu ?

Mal, terriblement mal. Je me sens si faible, mes forces m'abandonnent.

Elle s'approche jusqu'à mon lit et ce n'est que là que je remarque une petite trousse dans sa main. Que va-t-elle me faire ?

Je me recule le plus possible alors qu'elle s'arrête aussitôt.

— Je veux juste te faire une prise de sang pour être sûre que tu vas bien.

Mes mains se mettent soudain à trembler. Je les porte devant moi et tente de les stopper sauf que rien n'y fait. C'est plus fort que moi, plus fort que ma volonté.

Rebeca m'observe attentivement, guettant la moindre de mes réactions, me mettant mal à l'aise. Son regard sur moi est malsain, et si elle voulait me faire du mal ? Si elle voulait m'injecter quelque chose dans les veines qui me rende folle ?

— Non ! me mets-je à hurler. Tu ne me toucheras pas !

Je me recroqueville en haut du lit et continue de hurler. Il faut qu'elle parte, elle ne me touchera pas !

Sa main s'avance vers moi alors que sa voix calme tente de m'apaiser, sauf que je n'ai pas confiance en elle. Je ne sais pas ce qu'elle a contre moi, mais il est certain qu'elle veut s'en prendre à moi.

Soudain, la porte claque contre le mur et le visage de Maxime apparaît. Maxime, mon amour...

Ma tête tambourine alors que des flashs percutent mon esprit. Une femme, un gros ventre, elle est enceinte et Maxime l'embrasse. L'amour de ma vie m'a trompée. J'ai mis trop longtemps à le rejoindre et il m'a oubliée ! Je suis devenue insignifiante pour lui.

Mes larmes débordent. Je n'ai pas su le retenir, je ne mérite pas d'être aimée. Cette femme avait l'air gentille et « normale ». Il m'a pourtant fait l'amour, il m'a rejointe, moi. Il est venu me trouver alors qu'une autre l'attendait... Je suis perdue, c'est incompréhensible.

— Rebeca, laissez-nous.

Cette voix que j'ai désespérée d'entendre, celle qui me disait des mots qu'aucun autre n'avait jamais prononcés. Celle qui grognait son plaisir d'être dans mes bras, dans mon corps. Mais c'est aussi celle qui m'a fait souffrir. Celle qui m'a quittée, abandonnée...

Maxime referme la porte derrière l'infirmière et vient s'asseoir sur le lit.

Il approche sa main de moi, mais je ne sais pas si je souhaite son contact ou le redoute. Sa peau contre la mienne me fait perdre la tête. Tout s'efface, sauf que je n'ai pas envie d'oublier ce que j'ai vu ! Il me doit des explications, je dois connaître ses sentiments.

— Cette femme... Celle que tu tenais dans tes bras... (Maxime se fige et n'a pas l'air de comprendre ce que je lui dis.) Je t'ai vu l'embrasser !

Il se retourne et passe une main sur son visage. Il fuit mon regard, fuit ma question silencieuse, il est lâche.

— Je suis marié.

Mon cœur s'arrête. Marié ! Il est marié, va avoir un enfant... Il a refait sa vie ! Une vie dont je ne fais plus partie. Un sanglot m'échappe alors que ma poitrine se sert si fort que la douleur est insoutenable.

Je trouve je ne sais où la force de me lever et sans réfléchir, me rue dans le couloir. Maxime m'appelle, me supplie, mais c'est trop. Ça fait trop mal, je ne peux pas le supporter ! Je cours encore et encore sans but précis. Je dois lui échapper.

J'entre dans la salle commune en trombe et la parcours rapidement des yeux. Je m'avance vers la vitre, attrape une chaise en bois et la fracasse au sol. Je m'y reprends plusieurs fois jusqu'à ce qu'elle se casse en morceaux.

Les infirmiers accourent alors que j'attrape un des pieds et le pose au niveau de mon cœur. Il est tel un pieu prêt à le transpercer. Je ne veux plus vivre avec cette douleur. J'ai consacré ma vie à cet homme et voilà comment il m'en remercie. C'est trop difficile, je préfère mourir plutôt que vivre avec ce poids constant dans ma poitrine.

— Ambre, que se passe-t-il ? s'approche Elias.

— Je ne veux plus souffrir !

Je sais qu'il ne comprend pas, personne ne le peut. Maxime est le seul que je désire, le seul à pouvoir me combler. Je hurle mon désespoir, il n'a pas le droit de me faire ça ! J'aimerais hurler mon désespoir, sauf que ma gorge est si serrée que rien n'en sort. Mon arme commence à s'enfoncer dans ma peau alors que mes larmes brouillent ma vue. Je veux mourir !

Je suis soudain projetée au sol et le morceau de chaise m'échappe des mains. Une douleur parcourt tout mon corps sous le choc. Je roule sur moi pour trouver quoi que ce soit qui pourrait me servir, mais avant que je ne bouge, un poids me maintient en place et des mains agrippent les miennes les maintenant au sol.

— Jared…, soufflé-je, avant qu'on ne le tire en arrière et qu'Elias me fasse me lever.

Ses yeux ne quittent pas les miens. Il est comme une petite lumière dans l'obscurité qui ne cesse d'envahir mon esprit. Tout ce qui s'est passé avec lui me percute. Il n'a pas voulu de moi lui non plus… Toute la tristesse que j'ai ressentie lorsqu'il m'a rejetée remonte en moi. À quoi bon vivre dans ces conditions ? Je pensais avoir une personne qui tenait à moi, quelqu'un qui serait là pour me soutenir et finalement, je suis seule. Totalement seule !

L'infirmier ne perd pas de temps et me force à le suivre, entourer de deux autres soignants, m'entraînant dans le couloir où Max surgit. Je m'arrête net et tente de faire des pas en arrière sauf qu'Elias me maintient en place, ne comprenant pas, comment le pourrait-il ? Je ne veux plus voir cet homme qui me fait souffrir. Je le déteste pour tout ce qu'il a fait, pour tout ce qu'il représente pour moi. Je ne peux plus supporter sa présence, elle me rappelle qu'il appartient à une autre.

— Elias, s'il te plaît ! le supplié-je, pour qu'il me lâche.

Maxime me fixe, le visage fermé, comme si rien ne s'était passé, comme s'il ne m'avait pas avoué qu'il m'avait trompée !

— Ambre, je dois te faire une prise de sang, ensuite tu resteras au calme dans ta chambre le temps d'avoir les résultats…

— Je dois lui parler, s'avance Maxime.

— Ce n'est pas le bon moment.

Je suis surprise par le ton glacial de la réponse d'Elias, mais touchée en même temps. Il m'est impossible d'affronter Maxime, je me sens faible et désarmée devant lui. J'ai besoin de repos.

Maxime essaie de capter mon regard, mais je lui refuse. Il a fait assez de mal, il ne mérite plus rien de moi. Je suis dévastée, anéantie. Il était le but de ma vie, que vais-je devenir sans lui ?

Je suis l'infirmier qui me tire par le bras jusqu'à ma chambre. Les deux autres soignants reste à la porte alors qu'Elias me fait asseoir sur le lit, je n'ai plus envie de rien, seulement de mourir. J'ai besoin que cette douleur lancinante qui parcourt mon corps s'en aille, c'est insupportable.

— Je vais chercher mon matériel. Je ferme la porte pour ta sécurité, tu peux t'allonger et te reposer...

J'entends la voix de Jared qui n'est qu'un bruit de fond, ne couvrant malheureusement pas mes pensées.

Cette chambre me rappelle cet homme que j'aime, son corps sur le mien, ses mains qui parcourent ma peau. Ma jouissance, mais aussi la sienne. Il m'a aimée... À cet instant, je suis certaine qu'il m'a aimée ! En me concentrant, je peux encore sentir son odeur sur moi. C'est tout ce que je désirais, tout ce pour quoi je continuais à vivre alors que ce n'était qu'un leurre. Un mirage pour cacher une vérité insoutenable.

Du bruit à la porte me fait relever la tête et je me rends compte que je suis seule.

— Ambre..., chuchote-t-on.

Je me redresse et malgré mes jambes tremblantes, m'avance jusqu'à elle. J'essaie de baisser la poignée, mais elle est bloquée. Elias m'a enfermée !

— Ambre...

La voix de Jared est pressante.

— Je suis là, réponds-je à bout de souffle.

— Que s'est-il passé ?

Je frotte mon visage, comment lui expliquer ? Maxime ne voulait pas que je parle de lui... Il ne voulait pas de moi... Soudain, la vérité éclate dans ma tête. Il avait peur que le vilain petit canard débarque et détruise sa petite vie tranquille avec femme et enfant. J'ai été tellement stupide !

Pendant toutes ces années, j'ai cru qu'il m'attendrait, que j'étais la seule à compter pour lui... Il n'en a jamais été ainsi. Il m'a remplacée à la première occasion !

— Maxime est marié..., soufflé-je.

Je n'ai plus rien à lui devoir, il ne compte plus pour moi, c'est terminé ! Mon cœur n'est pas d'accord, il se rebelle contre mes pensées, je me trouve dans une impasse et aimerais tellement pouvoir l'effacer de ma mémoire, ne plus me souvenir de ce que sa présence me fait ressentir. Il a un pouvoir sur moi que je ne sais pas comment combattre.

— On va le faire payer...

Cette conviction qu'il a me réveille de ma léthargie.

On dirait qu'il y a beaucoup réfléchi, mais je ne comprends pas vraiment pourquoi il voudrait m'aider.

— Qu'est-ce que tu fais ici ? Gronde Elias derrière la porte.

Je n'écoute pas la suite et vais m'asseoir sur le lit. C'est un petit secret entre nous, je ne veux pas que qui que ce soit se doute de la vengeance qui se prépare.

Faire payer Maxime… Étrangement, ça me revigore. Il le mérite, il n'aurait pas dû jouer avec moi !

La porte s'ouvre et Elias se dépêche de me faire la prise de sang. Je reste calme, je n'ai pas envie de finir en isolement même si après ce que j'ai fait, il y a de fortes probabilités pour que ça arrive…

Je me suis laissée déborder par mes émotions et le regrette, mais il est trop tard pour revenir en arrière.

— Repose-toi maintenant.

Je fais ce qu'il me dit, n'ayant pas d'autre choix de toute manière. Et d'un autre côté, je n'ai envie de voir personne.

Il sort de ma chambre en prenant soin de fermer la porte et malgré mes pensées qui vont dans tous les sens, je finis par m'endormir, épuisée.

Huit ans plus tôt.

Mes périodes de sommeil sont de moins en moins longues, je m'en rends compte.

Les médecins disent que c'est une bonne chose, que je me rétablis... Sauf que je souffre au plus haut point.

Ça fait dix jours que je suis à l'hôpital. Dix jours que par miracle Maxime me veille. Il travaille alors il ne vient que quelques heures, mais c'est ma bouffée d'air frais, mon oxygène. Il m'aide à respirer, à me distraire de l'horreur que j'ai vécue. J'ai essayé d'oublier, je n'ai aucune envie de me souvenir, et pourtant, plus le temps passe, plus ils viennent frapper à la petite porte de ma mémoire. Chaque douleur se répercute dans mon corps, chaque humiliation vient me salir un peu plus.

Aujourd'hui, je dois rejoindre un service spécialisé. Maxime m'a convaincue de faire une cure pour arrêter définitivement la drogue. Je veux lui faire plaisir, il fait tout pour m'aider, je lui dois bien ça.

— Bonjour mon soleil.

Toutes les pensées négatives disparaissent face à cet homme. Il est grand, élancé et très charmant. J'ai du mal à comprendre ce qu'il me trouve. Je n'ai rien pour plaire et rien à lui offrir hormis mes ennuis. J'ai bien conscience qu'il a du mérite d'être présent. Chaque jour, je me demande s'il sera encore là et chaque jour, je m'attache un peu plus. Il est l'homme rêvé, celui que j'aurais voulu rencontrer il y a des années... Au lieu de ça, je me suis obstinée dans une relation toxique.

Maxime s'avance jusqu'à poser ses lèvres sur les miennes. Et à chaque fois, ça me fait le même effet. Des papillons se logent dans mon cœur, mais aussi dans mon intimité. Je me rappelle mon adolescence, les prémices du désir. Malheureusement, mon souvenir est entaché par d'autres, bien moins joyeux. Je les écarte aussitôt pour profiter de l'instant présent. Maxime est là, près de moi et me porte une attention toute particulière. Je suis comme dans un rêve après ce cauchemar qui ne cesse de me hanter. Je ne suis pas sûre de le mériter, ni lui ni toutes ses attentions.

Je ne suis pas sûre de ce que je ressens, mais ça se rapproche étrangement de l'amour. Il est tout ce que j'ai toujours désiré et je ferai mon possible pour le garder auprès de moi.

De nos jours

Ça fait dix minutes que j'ai les yeux ouverts et que je fixe la lucarne. Le ciel bleu me donne envie de voir l'extérieur. Je ne sais pas quelle heure il est ni combien de temps j'ai dormi, mais j'espère qu'on va me libérer de cette chambre. Je n'ai pas spécialement envie de retrouver les autres, mais j'ai besoin de bouger.

En ayant marre de ressasser mes souvenirs, je décide de me lever et de faire ma toilette. Au moins, si l'on vient me chercher, je serai prête !

Je me déshabille et rejoins la petite salle de bain avant de me mettre à inspecter le lavabo malgré moi. Je cherche encore et encore, mais il n'y a rien. Aucune petite pilule blanche ne traîne. Mes mains se mettent à trembler et mes bras à me gratter.

Je sens le tournis qui me prend, mon cœur pulse plus vite. Je me détache du lavabo pour entrer dans la douche.

Je pose les paumes à plat contre le mur et prends une profonde inspiration.

Je dois me calmer, le manque est dans ma tête. J'essaie de rester lucide le plus possible et pour m'y aider, j'allume l'eau. Un torrent se déverse sur ma tête et un petit cri m'échappe sous la température glacée. Toutes mes pensées se concentrent sur ça, me détournant de cette drogue qui tente de s'imposer à nouveau dans ma vie.

Je me lave soigneusement, comme toujours. C'est une habitude dont il m'est impossible de me défaire. Et même malgré ma peau rougie par les frottements, je ne me sens jamais propre. On m'a rendu misérable et sale, sauf que je n'arrive pas à me débarrasser de ce sentiment. Malgré toutes les thérapies et les différents psychiatres que j'ai consultés, personne n'a réussi à m'aider.

J'attrape une serviette et me sèche rapidement avant de sortir de la salle de bain, totalement nue. Je prends une tenue au passage, sauf que je n'ai pas le temps d'arriver à mon lit que je me fige. Jared y est tranquillement, assis.

Son regard se lève et je vois ses yeux se voiler. Il me détaille de haut en bas, la mâchoire crispée.

Après un silence interminable à s'observer l'un l'autre, il finit par le rompre.

— Tu ferais bien de t'habiller.

Je me souviens aussitôt qu'il m'a repoussée. Je ne dois pas lui plaire... Il pourrait profiter de la situation et peut-être même que je le laisserais faire... Ça fait cinq ans que je ne pense qu'à un homme, que je ne vis que pour Maxime. Je n'ai pas eu de rapports intimes avec un homme depuis lui. Tout ça pour être trahie, trompée.

J'ai cru au grand amour, j'ai cru qu'un homme pouvait m'aimer d'un amour inconditionnel, mais je me suis trompée. Maxime est un lâche et je vais le faire payer. Par tous les moyens nécessaires !

Chapitre 10

Jared

Ne pas bouger, surtout ne pas bouger ! Si je me lève, elle remarquera forcément mon érection sous cette tenue qui colle à la peau. Cet uniforme est loin d'être sexy et pourtant il en dévoile beaucoup de nous.

Ambre se tient nue devant moi et n'esquisse pas un mouvement pour s'habiller. Qu'attend-elle ?

J'avoue que parcourir son corps des yeux est un plaisir, même s'il est barré par des cicatrices et des rougeurs. Je ne peux m'empêcher de la fixer, hypnotisé.

Elle était tellement perdue tout à l'heure avec ce pied de chaise... Elle m'a fait de la peine.

Je ne connais pas toute son histoire, mais j'imagine qu'elle est compliquée. Je ne sais pas exactement ce qui s'est passé pour qu'elle en arrive à de telles extrémités, mais je compte bien le découvrir. En attendant, il faudrait vraiment qu'elle se décide à enfiler ce qu'elle tient dans les mains. Je ne suis qu'un homme et je ne vais pas lui résister longtemps.

— Ambre ?

Elle cligne des yeux et se met à avancer vers moi. Je ne comprends pas ce qu'elle fait. Une personne censée se couvrirait, mais elle non. Elle dépose lentement ses vêtements sur le lit à côté de moi et je ne peux qu'observer sa poitrine bouger, si proche de mon bras... Elle est une tentation à laquelle je dois résister.

Elle se redresse et ses tétons qui pointent dans ma direction ne m'aident pas à rester lucide. Elle le fait exprès, j'en suis certain.

Son regard se fixe sur moi alors qu'une de ses mains descend insidieusement le long de son ventre jusqu'à son intimité. Mon sang pulse dans mes veines alors que ma respiration s'accélère. Je pensais que venir la trouver ici était une bonne idée, mais j'aurais mieux fait de m'abstenir. Je dois m'éloigner avant de faire une connerie. Ce n'est pas mon plan, elle ne devait pas se jeter sur moi.

Je me lève, la poussant légèrement pour mettre une distance raisonnable entre nos corps.

Ses yeux s'agrandissent alors qu'ils descendent droit vers mon sexe tendu.

Oui j'ai envie d'elle, c'est humain. Elle est une très jolie femme, très bien proportionnée.

— Je t'excite ! ricane-t-elle.

Elle fait quelques pas vers moi et je ne sais pas comment elle fait ça, mais mon cerveau disjoncte.

J'attrape son bras pour la plaquer contre moi et passe une main sur son visage avant de poser brutalement mes lèvres sur les siennes. J'ai un besoin irrépressible de la posséder, de prendre une partie d'elle. Je n'ai pas eu le temps de la savourer la dernière fois alors je me rattrape.

Ses paumes se posent à plat sur mon ventre, mais elle ne me repousse pas, elle tripote mes abdos en montant et descendant lentement. N'y tenant plus, je me faufile jusqu'à son intimité et sans plus attendre, la pénètre d'un doigt. Un gémissement fond dans ma bouche, me faisant perdre pied. Je le ressors pour venir l'enfoncer plus profondément. Elle est humide, assez pour que j'en rajoute un deuxième. Son corps se relâche entre mes bras alors que je vais et viens de plus en plus rapidement en elle. Son corps est si réactif, c'est un délice.

Ma langue tournoie dans sa bouche, lui montrant tout ce que j'aimerais lui faire bien plus bas. Je masse son clitoris du pouce et la sens enfin se resserrer autour de mes phalanges. Je raffermis mon étreinte alors que ses doigts se resserrent sur mon tee-shirt et que des spasmes la parcourent, jusqu'à ce que son orgasme se termine.

Elle ouvre de grands yeux sur moi lorsque je retire mes doigts. Je la force à se décoller de moi et la lâche complètement. Elle se recule aussitôt pour s'asseoir sur le lit, essoufflée.

Je suis au summum de la frustration, mais me vois mal lui demander de me tailler une pipe, alors je me recule jusqu'à la porte.

— Tu n'as pas besoin de t'enfuir, je ne te mordrai pas..., souffle-t-elle. Enfin, sauf si ça te plaît...

Je me force à ne pas sourire, elle a un répondant qui m'amuse. J'aime ce genre de femme, qui ne se laisse pas décontenancer par une situation.

— Garde tes crocs pour quelqu'un d'autre.

Elle hausse un sourcil, mais ne relève pas.

— Je peux tout de même faire quelque chose pour ça, me dit-elle en braquant son doigt sur mon érection qui ne demande qu'à sortir de sa prison.

— Sans façon, je ne récupère pas les restes d'un autre. Je ne passerai pas après Maxime.

Son visage se décompose en une fraction de seconde et une larme coule le long de sa joue. Je suis méchant, j'en ai conscience, mais voir l'effet qu'elle produit sur mon corps m'est insupportable. Je ne devrais pas réagir aussi intensément à sa présence. Je ne peux pas me permettre de me laisser aller, et la repousser me semble la meilleure stratégie.

— Dégage, souffle-t-elle.

Comme si elle allait me donner des ordres. Je n'obéis à personne.

— Je suis le seul à pouvoir t'aider..., lui rappelé-je. Tu veux te venger de lui, je suis là pour ça.

La colère se peint sur ses traits, mais je ne sais pas envers qui celle-ci est dirigée. Je veux atteindre mon objectif sans y laisser des plumes. J'ai un but précis et bientôt, je ne serai plus là alors je n'ai pas de temps à perdre. J'essaie d'être gentil avec elle pour qu'elle me suive, mais je ne ferai pas le toutou.

Ambre attrape ses vêtements et commence à s'habiller. Elle me tourne le dos et je reste un instant interloqué. Sous mes yeux s'étale de l'encre noire dessinant harmonieusement une cage refermant un oiseau à l'intérieur. Le tatouage recouvre quasiment tout son dos jusqu'à ses fesses. Son tee-shirt vient le recouvrir alors que j'aimerais le voir plus en détail. Néanmoins, je ne dis rien et attends sagement qu'elle soit entièrement couverte. Il est clair que je la préfère nue, sauf que je dois me concentrer sur mon objectif et non sur son corps.

— Pourquoi aurais-je besoin de toi ?

Je secoue la tête, cette femme n'est définitivement pas comme les autres. Mais ce n'est pas forcément une bonne chose pour moi. Elle réfléchit beaucoup trop et ne se laisse pas embobiner même si je lui procure un orgasme !

— Je connais Maxime, je sais comment le faire enrager et comment le détruire.

Ambre me fixe sans ouvrir la bouche, elle a l'air de réfléchir.

Mon meilleur ami, m'a parlé de cette femme qu'il a aimée, celle à qui il pense encore aujourd'hui, son premier amour... Sauf que la description qu'il m'en a faite est loin de correspondre à la femme qui se trouve devant moi. Elle n'a pas l'air d'avoir besoin de quelqu'un pour la défendre. La seule chose sur laquelle il avait raison est sa beauté. C'est une femme magnifique, je dois bien le reconnaître.

— Moi aussi je sais comment faire...

Ça, je m'en doute, sauf qu'elle ne sait pas que je la connais déjà et que j'ai tout entendu lorsqu'elle prenait son pied l'autre soir. J'ai vite compris que c'était Maxime... Qui d'autre que lui se permettrait un tel acte ? Il est le chef du royaume, tout le monde ferme les yeux sur ses agissements.

— OK, alors c'est chacun pour soi, bonne chance, lancé-je avant de rejoindre la porte.

— Comment es-tu entré ?

— Elias t'aime bien et a plaidé pour que tu ne sois pas mise en isolement, tu es libre tant que tu te tiens tranquille.

Je sors de la chambre, la laissant réfléchir. Je sais qu'elle viendra à moi, c'est certain. Elle a beau le connaître, il tient à Charlotte et s'il sent le moindre danger, il se refermera. Il ne laissera pas Ambre détruire sa petite vie bien rangée.

Je me dirige vers la salle commune pour prendre mon petit déjeuner lorsqu'Elias apparaît en face de moi. Il devrait déjà être parti, son service est terminé.

— Qu'est-ce que tu fais avec elle Jared ?

Je hausse un sourcil, faisant comme si je ne comprenais pas. Il n'a pas à se mêler de cette histoire.

— Il n'est pas l'heure de rentrer chez toi ?

Sa mâchoire se crispe alors qu'il s'avance vers moi.

— Je suis là si tu as besoin de moi, je t'ai toujours aidé, mais Ambre est fragile. Elle a beau faire comme si elle était la plus forte, ce qu'elle a vécu est difficilement supportable. J'ai insisté pour qu'Ambre reste libre comme je te l'ai dit parce que je ne pense pas que l'isoler du groupe soit une bonne idée, mais nous allons la garder à l'œil. Elle a essayé de se suicider Jared, ce n'est pas anodin... Et cette histoire de pilule est assez rocambolesque. Qui ferait ça ? Et pour quelle raison ? Il faut arriver à se procurer ce genre de chose donc c'est forcément un soignant et je n'y crois pas une seconde. Elle vient d'arriver, elle ne connaît personne.

Il a raison, il n'y a pas beaucoup de solutions possibles. Mais pourquoi mentirait-elle ? Quel est son intérêt ?

Je hoche la tête pour lui signifier que j'ai compris, même si sa petite leçon de morale me passe au-dessus. J'aime discuter avec lui parce qu'il est ouvert et fait son métier le plus sérieusement possible. Mais ce n'est pas pour autant que je suis ses conseils.

— Je veux juste être un ami pour elle, une personne à qui elle puisse se confier…, tenté-je de l'amadouer.

Elias me fixe, je suis certain qu'il ne me croit pas, mais il finit par se décaler et sans une parole, emprunte le couloir jusqu'à son vestiaire.

Sans plus attendre, je franchis la porte de la salle commune, attrape un café et vais m'installer à ma table habituelle.

Je balaie la salle des yeux, tout le monde est dans son monde sauf une qui a la tête relevée et fixe la porte d'entrée sans discontinuer. J'ai vu cette fille parler avec Ambre. Elle est généralement penchée sur la table à dessiner ou colorier.

Je reporte mon regard sur la vitre en buvant une gorgée. Aujourd'hui, j'ai le droit à une promenade dehors. Je serai accompagné par un éducateur spécialisé. Je l'ai rencontré il y a quelques jours et il m'a dit que nous allions aller nous balader. Au fond de moi, je suis effrayé. Ça fait si longtemps que je suis enfermé ici que j'avais perdu l'espoir d'en sortir, sauf que là ça devient concret.

Soudain, un brouhaha me fait tourner la tête. Ambre passe la porte et son regard se dirige immédiatement vers moi. Elle se dépêche de se détourner, mais c'est trop tard, je l'ai vu !

Depuis le début, elle est attirée par moi. C'est n'est pas anodin qu'elle soit directement venue me parler, je dois susciter quelque chose chez elle, même si elle n'en a pas encore conscience.

Tout le monde a l'air ravi de la retrouver. Je ne sais pas comment elle a créé cette sympathie qu'ont les autres envers elle. La première fois que je l'ai vue, il est clair que j'ai eu envie de l'étriper, mais ensuite, c'est comme si je l'attendais... Elle a réussi à se faire une place sans qu'on la voie venir.

De par son prénom peu commun et son physique, j'ai tout de suite pensé à l'ex de Maxime. Il m'en a parlé tellement de fois que c'est comme si je la connaissais. Mais les entendre baiser a été la confirmation de mes doutes. Il n'a même pas réussi à tenir sa queue plus de quelques jours. Il m'avait pourtant certifié qu'elle ne comptait plus, qu'il avait coupé tout lien avec elle, que la seule pour qui il ressentait des choses était, ma sœur...

Il m'a une fois de plus confirmé que c'était un sale type ! S'il faut, c'est lui qui a fait venir Ambre ici pour pouvoir en profiter. Plus rien ne m'étonnerait.

Je porte ma tasse à ma bouche pour finir mon café puis me lève pour la ramener sur le buffet.

— J'ai réfléchi..., lance une voix féminine derrière moi.

Un sourire se fend sur mes lèvres. Ce fut encore plus rapide que je ne le pensais.

Je me tourne vers Ambre en croisant les bras.

— Et en quoi ça m'intéresse ?

— C'est toi qui m'as parlé vengeance... Donc tu dois avoir des choses à lui reprocher. Je ne te demande pas tes raisons si tu en fais autant.

Même sans connaître entièrement leur histoire, elle en a divulgué assez pour que je devine la nature de sa colère. Elle est jalouse de Charlotte, c'est clair comme de l'eau de roche.

— Qu'es-tu prête à faire ?

Elle pose un doigt sur ses lèvres roses, tendres, douces, me rappelant notre baiser et son goût. Je cligne des yeux, je dois arrêter de penser à ça. Je veux la baiser et je la baiserai sans doute, il faut juste que je trouve le moment opportun qui n'est définitivement pas maintenant.

— Tout ce qui sera nécessaire. Je veux lui faire mal, peu importe, jusqu'où l'on en arrive, me dit-elle avec un grand sourire.

C'est tout ce qu'il me fallait comme réponse. Nous sommes sur la même longueur d'onde.

— OK, alors on va s'amuser.

J'attrape son bras pour nous isoler le temps que je lui explique ce que j'ai en tête pour la première étape. Je n'ai pas envie que quiconque nous surprenne, l'occasion est trop belle ! Une excitation nouvelle me parcourt. Depuis le temps que j'attends, je suis sur un petit nuage. Que les hostilités commencent !

Chapitre 11

Maxime

Assis derrière mon bureau je lis et relis cette feuille de résultats de laboratoire en boucle, mais n'y trouve rien d'anormal. Comment est-ce possible ? Je la tourne entre mes mains au cas où j'aurais loupé quelque chose, mais ce n'est pas le cas.

Je suis le directeur du service, c'est à moi de gérer ce genre de situation. Je vais devoir parler avec Ambre pour qu'elle me donne plus d'explications. Après notre altercation, je ne sais pas comment notre entretien va se passer. J'ai fait une erreur, je n'aurais jamais dû coucher avec elle. Je suis responsable d'elle, quelle réputation aurais-je si ça venait à se savoir ? Elle m'a toujours fait perdre la tête, mais à ce niveau c'est juste de l'imbécillité de ma part.

J'avoue que je voulais aussi me rassurer. Elle était follement amoureuse de moi, et quelque part, j'étais déçu que ça ait changé. C'est vraiment ridicule, elle a le droit de faire ce qu'elle veut avec qui elle veut.

On m'a gentiment rapporté que Jared parlait enfin. C'était une nouvelle des plus encourageante, qui m'a réjoui, jusqu'à ce qu'on me dise à qui ses mots étaient adressés. Il sait, j'en suis convaincu. Il a dû faire le lien avec elle.

En un an et demi, il n'a quasiment pas ouvert la bouche avec les autres patients. Il reste toujours à distance, comme pour ne pas se mélanger, ne pas faire partie de ce groupe. Je peux le comprendre, ça voudrait dire qu'il accepte le fait d'être ici, qu'il accepte qu'il ait un problème.

L'arrivée d'Ambre a néanmoins eu un effet assez impressionnant sur lui. La psychiatre qui le suit est très enthousiaste. Elle veut le faire sortir. J'ai calmé les choses en observant d'abord son comportement sur quelques jours pour être certain de ne pas commettre une erreur. Charlotte ne me le pardonnerait pas.

Je décroche mon téléphone pour qu'on amène Ambre dans mon bureau. J'appréhende sa réaction, mais n'ai pas d'autres choix. Il faut que je mette cette histoire au clair.

Je n'attends pas longtemps avant qu'on ne frappe à ma porte.

Une infirmière se présente avec Ambre dans son sillage.

Mon regard se focalise aussitôt sur elle. Ses cheveux longs bouclés pendent sur son épaule alors que ses yeux verts ne laissent passer aucune émotion. J'aimerais entrer dans sa tête et savoir ce qu'elle pense. Je sais qu'elle doit me détester pour l'avoir en quelque sorte remplacée, mais ça fait cinq ans... Cinq ans que nous nous sommes séparés. Il était temps que je passe à autre chose, même si j'ai du mal à accepter la réciprocité.

Ambre s'avance seule et s'assoit en face de moi alors que la porte se referme.

Elle croise les bras et fixe ses prunelles dans les miennes, me déstabilisant quelque peu. Je me sens comme un gamin pris sur le fait alors que je n'ai rien fait de mal. Je n'ai aucun compte à lui rendre.

Je prends une profonde inspiration et me décide enfin à parler.

— Je t'ai fait venir pour avoir des précisions. Tu aurais trouvé une pilule sur le rebord de ton lavabo, est-ce que c'était un de tes médicaments qui a été oublié ?

Elle fronce les sourcils en secouant la tête.

— C'était de la drogue, affirme-t-elle.

Elle est catégorique et me fait tiquer. Elle pourrait inventer cette histoire pour se faire remarquer ou se faire plaindre. Elle connaît par cœur les effets que ça produit sur son corps et peut les reproduire. Je suis perdu.

— Je ne comprends pas. Pourquoi me demandes-tu ça ?

Je me frotte le visage, autant le lui dire d'une traite.

— Tes examens sont nickel, il n'y a aucune trace d'ecstasy.

Elle ouvre de grands yeux alors que ses mains commencent à trembler.

— Je te jure que c'était là. Une petite étoile... Je l'ai pris entre mes doigts, je l'ai eu sur ma langue et je l'ai avalé. C'était là, je te le promets. Je ne sais pas ce que c'était exactement, mais ça a eu les mêmes effets. Il faut que tu me croies Maxime !

Elle est désespérée et sa détresse comprime ma poitrine. Je vais demander à ce que le test soit refait, ils ont dû se tromper... Elle ne peut pas mentir à ce point, je la connais.

Un sanglot fend le silence et je ne tiens pas. Je me lève pour la rejoindre et la prends entre mes bras. Je ne devrais pas, ma conscience se rebelle, me hurle de m'éloigner sauf que j'en suis incapable. Sa présence me rappelle trop de choses, trop de moments passés ensemble. Elle était mon univers, la femme que j'aimais... Sauf que j'ai eu peur. Elle était devenue beaucoup trop dépendante de moi.

Je savais que je ne devais pas autant m'accrocher à elle, ni passer autant de temps ensemble, mais c'était plus fort que moi. Je voulais à tout prix la protéger jusqu'à ce qu'on m'offre ce poste à l'autre bout de la France.

Elle commençait tout juste à reprendre le dessus, à se construire une vie et moi je voulais partir. Ce boulot était tout ce dont j'avais toujours rêvé. À ce moment-là de ma vie, il est vrai que j'ai privilégié mon travail au reste. J'étais encore jeune, je savais que ce genre d'offre ne vous arrive pas deux fois dans une vie alors j'ai tout quitté. Je n'avais pas envie de la déboussoler, de l'obliger à tout reconstruire une nouvelle fois, ailleurs. Avec le temps, je me suis avoué que le poids de son traumatisme pesait trop lourd sur mes épaules. Mes sentiments étaient forts pour elle et notre alchimie physique, incomparable, sauf que ça ne suffit pas à faire perdurer une relation.

J'ai souvent pensé à elle, mais n'ai jamais eu le courage de la chercher. Je n'avais pas envie de m'immiscer à nouveau dans sa vie et de la bouleverser.

— Tu ne me crois pas ? souffle-t-elle. Quel intérêt aurais-je à te mentir ? Au contraire, je ne devrais pas me vanter de ne pas avoir pu résister.

Elle a raison sur ce point sauf que je ne suis plus en capacité de réfléchir à cette histoire. Son odeur s'infiltre dans mes narines alors que ses mains se posent dans mon dos pour me caresser doucement avant de descendre jusqu'à mes fesses qu'elle tripote. Mon désir s'enflamme. Je ne me comprends plus, j'ai toujours su résister à une femme… Sauf elle ! C'est totalement inexplicable. La toucher fait vriller mon cerveau.

J'aimerais poser mon nez dans son cou, embrasser sa peau tendre, sentir son goût sur ma langue… Il faut que j'arrête, que je mette de la distance. Je me redresse légèrement et mes yeux se posent sur la porte. Nous sommes si proches… Si quelqu'un entrait et nous surprenait dans cette position, quelle excuse pourrais-je trouver ? Je dois me reculer, me détacher d'elle. J'ai un poste à tenir et ne peux me laisser aller de cette manière.

Aller la retrouver dans sa chambre fut une terrible erreur que je ne reproduirai pas.

Je me redresse, lâchant son corps alors que le mien me hurle de la prendre sur mon bureau.

Je me racle la gorge alors qu'Ambre m'observe. Je prends sur moi pour me rasseoir dans mon siège malgré mon désir pour elle et mon sexe qui réclame le sien. Il va falloir que j'évite de me trouver seul avec elle, je lui résiste pour l'heure, mais pour combien de temps ?

— Je vais faire vérifier les résultats. Je voulais aussi m'excuser pour notre dernière conversation, je n'aurais pas dû dire les choses aussi abruptement. Je ne savais pas de quelle manière le faire... Surtout après ce que nous avons fait. Je suis désolé.

Elle efface les dernières larmes de son visage avant de hausser un sourcil.

— Désolé d'être marié ou d'avoir couché avec moi avant de me le dire ?

Elle ne me facilite pas les choses... Elle a changé. Elle était plutôt soumise avec moi et me laissait tout gérer. Elle a plus confiance en elle.

— Je suis heureux avec Charlotte.

Je ne devrais sûrement pas lui dire ça, surtout si je veux qu'elle taise notre lien, mais je n'ai plus envie de lui mentir.

Elle pince les lèvres, mais garde la bouche fermée.

— Est-ce que je peux partir ?

Je hoche simplement la tête, c'est préférable pour nous deux qu'elle quitte cette pièce.

Une fois la porte fermée, je souffle un grand coup. Je suis dans une merde pas possible et il va falloir que je réfléchisse à comment m'en sortir. Charlotte est en arrêt maladie avant son congé maternité, mais celui-ci ne durera pas très longtemps. Elle en a déjà marre de rester à la maison sauf qu'en revenant travailler, elle devra s'occuper d'Ambre... Cette dernière est instable, je ne lui fais pas entièrement confiance pour garder sa langue dans sa poche.

La sonnerie de mon téléphone me sort de mes réflexions.

— Allo.

— Mon chéri, tu rentres bientôt ? Je t'ai préparé un couscous, me souffle Charlotte, toute contente.

Je ne suis pas habitué à tout ça. D'ordinaire, elle ne se préoccupe pas vraiment du repas, trop prise par son travail qu'elle adore et auquel elle consacre tout son temps. Il est clair que l'arrivée du bébé va l'accaparer un certain temps et qu'elle devra forcément mettre son métier de côté, mais j'évite d'aborder le sujet pour ne pas la contrarier.

— J'arrive mon amour.

Je me lève, attrape ma veste et sors de l'établissement.

Une fois dans ma voiture, je prends quelques secondes pour respirer et ranger dans une petite case de mon esprit tout ce qui se passe avec Ambre. Cette histoire me pollue la tête.

J'allume le moteur et fais rapidement le trajet jusque chez moi. Je suis pressé de retrouver ma femme.

Je passe la porte de chez moi, enlève mes chaussures que je laisse dans l'entrée avant de remonter le couloir jusqu'au séjour. L'odeur qui embaume la pièce est appétissante.

Charlotte se trouve assise au bar et pianote sur sa tablette. Ses cheveux blonds sont relevés en une haute queue de cheval, dégageant sa nuque pâle. Elle a la bouche légèrement ouverte et relève aussitôt la tête en me voyant pénétrer dans la cuisine. Un sourire éclaire son visage, elle est magnifique.

Si on m'avait dit que je serais marié à elle et que nous allions avoir un enfant, je ne l'aurai jamais cru. Notre relation n'aurait jamais dû être plus qu'amicale et pourtant...

En arrivant dans la région, j'étais à la fois excité de découvrir autre chose, mais en même temps, j'appréhendais. Je ne connaissais rien ni personne. Par chance, j'ai reçu un accueil formidable dans cet hôpital. J'ai été supervisé par mon prédécesseur pendant plusieurs mois et je me suis rapidement lié d'amitié avec des infirmiers. Nous avions le même âge et nous nous retrouvions dans le bar à proximité, où étaient souvent organisées des soirées. Je n'étais pas encore leur supérieur, ce fut plus simple de m'intégrer.

Charlotte travaillait dans mon service, elle était gentille, douce, mais en couple. Du moment où j'ai eu vent de sa relation, j'ai oublié mes envies. Je passais quelques soirées avec elle et ses collègues, jusqu'à ce qu'elle me présente son frère Jared. Il était également infirmier dans le même hôpital. Je l'avais déjà croisé sans me douter de leur lien fraternel. Une connexion particulière s'est tout de suite formée entre nous. Il représentait un peu le frère que j'aurais voulu avoir. Ma famille étant à Paris, je n'avais personne à qui me raccrocher. Il est devenu mon confident. J'ai eu quelques difficultés à me faire accepter par un ami de Jared qui je pense n'appréciait pas notre amitié naissante : Elias. Malgré ça, Jared est passé au-dessus de ces histoires et m'a intégré à sa famille, tout en me prévenant que sa sœur était intouchable. Je ne vais pas le nier, j'avais pas mal de liaisons et n'étais aucunement fidèle, alors je comprenais sa réticence à mon égard.

J'ai gardé mes distances… Jusqu'à ce soir où après un pot de départ, je l'ai ramenée chez elle. Elle s'est soudain effondrée en larme dans ma voiture. Son copain venait de la quitter et elle était mal en point. Quand elle m'a invité à monter chez elle, je ne pensais qu'à la réconforter. Sauf que ses lèvres ont percuté les miennes à peine la porte refermée et je n'ai pas eu le courage de la repousser, je n'en avais aucune envie. Cette nuit-là n'a été que longues discussions, mais c'est à ce moment que j'ai compris à quel point elle est exceptionnelle.

Ce fut d'abord un flirt qui au fil des semaines s'est transformé en véritable amour. Plus notre relation s'intensifiait, plus celle avec Jared se compliquait, jusqu'à la mort de leur père. Ce fut le point de départ de sa descente en enfer et la fin de notre amitié.

— Tu vas bien Max ? me demande Charlotte qui s'est approchée de moi.

Je lui souris pour ne pas qu'elle se fasse de soucis inutiles et l'attrape par la taille d'une main, pour la garder contre moi. Sa chaleur est réconfortante. Mes doigts se posent sur son ventre, comme si le bébé pouvait me sentir…

Ma femme attrape mon menton et monte sur la pointe des pieds pour déposer un baiser au coin de mes lèvres.

— Je meurs de faim ! lui lancé-je en la fixant.

Un rire lui échappe alors qu'elle se faufile jusqu'à la plaque de cuisson pour nous verser deux assiettes. C'est surtout de son corps dont j'aimerais me nourrir, mais chaque chose en son temps...

Un sanglot me réveille. Que se passe-t-il ? Je me tourne en cherchant Charlotte de la main sauf que je ne rencontre que du vide.

— Mon amour ?

Je me frotte les yeux en m'asseyant avant de parcourir la pièce des yeux.

Charlotte est en chemise de nuit, assise au bord du lit. Je souffle un grand coup avant de soulever les couvertures et de faire le tour du lit pour me mettre à genoux devant elle. Qu'est-ce qui peut bien se passer à cette heure-ci ?

— Mon amour, pourquoi pleures-tu ?

Un nouveau sanglot sort de ses lèvres avant qu'elle ne chuchote :

— Je suis allée aux toilettes... Et en revenant, j'ai récupéré les vêtements que nous avons laissés par terre sauf que quelque chose est tombé de ta poche.

Elle bouge lentement avant de me tendre un morceau de papier.

Je lis le message inscrit dessus et reste interloqué. Qu'est-ce que c'est encore ce bordel ? Comment ça a pu arriver ici ?

Charlotte me pousse en se levant pour aller s'enfermer dans la salle de bain alors qu'une haine monte en moi. Il n'y a qu'une seule solution possible, une seule personne qui a pu mettre ce mot sur moi ! Je ne sais pas ce qu'elle cherche, mais je ne la laisserai pas mettre ma vie en péril.

Chapitre 12

Ambre

Cette rencontre avec Maxime a été éprouvante. Je suis contente de refermer la porte derrière moi et me dépêche de rejoindre la salle commune où le repas m'attend.

J'ai dû contenir ma rage à son égard alors que je n'avais qu'une envie : lui sauter à la gorge. Ses excuses minables ne m'ont aucunement convaincue. Je le hais et suis assez fière du petit mot que j'ai glissé dans la poche de son pantalon. Il mérite de souffrir autant qu'il me fait mal.

En plus, il m'embrouille l'esprit. Je suis certaine que cette pilule était là, je le sais sauf que lui doute. Je n'ai pas pu inventer une telle chose, c'est impossible ! Il devait y avoir autre chose à l'intérieur, une substance qui ne se détecte pas, je n'en sais rien… Je n'ai aucun intérêt à lui mentir sur ça, j'aimerais tellement que ça ne soit jamais arrivé. Mon corps se rappelle si bien des sensations que je ressens lorsque le produit commence à agir. Le bien-être qui m'envahit, mes pensées qui s'évaporent au fur et à mesure. Mes mains se mettent malgré moi à trembler, j'en ai tellement besoin… Je pourrais oublier tous les tracas qui me polluent l'esprit.

Je suis venue dans ce service uniquement pour retrouver l'homme que j'aime sauf que rien ne s'est déroulé comme je l'espérais. Je suis surtout en train de me rendre compte que si Maxime ne me soutient pas, il ne m'aidera pas à sortir ! Je n'ai aucune envie de rester coincée ici.

Je me dirige automatiquement vers la table que Jared occupe. Il est assis, les bras croisés. À peine ai-je franchi la porte que ses yeux captent les miens. Je sens mes joues s'échauffer sous son regard. Je ne sais pas ce qui m'arrive, les choses sont différentes entre nous. Peut-être parce qu'il m'a donné un orgasme de folie… Je sens encore ses doigts jouer avec mon intimité… Je secoue la tête pour mettre de côté les images qui me viennent en tête. Je dois arrêter de fantasmer sur lui, je ne le connais presque pas. Quand j'y pense, il ne s'est jamais vraiment dévoilé. Il attise ma curiosité.

Je m'installe devant lui avec un grand sourire.

— C'était trop facile.

Jared penche la tête alors que son regard descend sur mon corps.

— Tu es sûre qu'il n'a rien vu ?

Je pose une de mes mains sur mon cou et passe sous mon tee-shirt jusqu'à empaumer un de mes seins.

Jared ouvre légèrement la bouche alors qu'il suit attentivement le mouvement. Je penche la tête en arrière alors que je titille mon téton quelques secondes.

Je finis par poser ma main sur la table, comme si rien ne s'était passé.

— Je sais distraire un homme, rien de plus simple.

J'attrape un verre d'eau pour en prendre une petite gorgée, le laissant reprendre ses esprits.

— OK, un point pour toi, souffle-t-il. Tu es toujours d'accord pour la suite ?

Je ferais tout ce qu'il faut pour que Maxime se morde les doigts de m'avoir oubliée.

— Évidemment...

Une infirmière pose nos repas sur la table et nous les dégustons en silence. Je remarque les regards de Jared et suis surprise par son soudain intérêt pour moi. Il m'a pourtant bien fait comprendre que je ne représentais rien et que je n'étais pas digne de lui. Je ne sais pas comment il est au courant pour Maxime et ça me démange de le lui demander sauf que j'ai peur de la réponse. Est-il possible qu'il nous ait entendus l'autre nuit ? Il n'y a pas d'autres explications possibles. Je suis un peu honteuse de m'être laissée aller de cette manière. Je désirais tellement ce corps que je n'ai jamais pu oublier... Tellement que le monde autour de moi a disparu. J'étais trop heureuse de le retrouver. Cet homme qui aujourd'hui me fait souffrir. L'amour est un sentiment fabuleux, mais il peut aussi devenir le pire enfer sur Terre.

J'attrape ma pomme et croque dedans. Je ne peux pas me résoudre à l'oublier. Malgré moi, mon cœur bat toujours pour lui.

Huit ans plus tôt.

Cinq semaines que je suis dans ce centre pour soigner mon addiction à l'ecstasy. Je devrais me sentir mieux, sauf que rien ne va. On m'empêche de voir Maxime autant que je le souhaite et la drogue me manque terriblement, je n'aime pas me souvenir. Des détails me percutent sans que je m'y attende, me ramenant dans ces endroits où la violence régnait. Des visages se rappellent à moi, des inconnus qui profitaient de mon corps...

Je n'en peux plus de rester cloîtrée dans cet endroit. Tout le monde me demande de raconter ce que j'ai vécu, ce que je ressens, sauf que c'est inexplicable. Cette horreur qu'est devenue ma vie doit rester dans un coin de ma tête, fermé à triple tour. Aujourd'hui, je suis à l'abri. Je n'ai plus aucune nouvelle de cet homme, m'a-t-il oubliée ? A-t-il seulement cherché à me retrouver ? Est-il attristé par mon départ ?

Un coup frappé à ma porte me sort de ma léthargie. Je relève la tête pour voir deux yeux verts, semblables aux miens se poser sur moi.

Les visites de Maxime sont trop espacées à mon goût et je le supporte de plus en plus mal.

Il s'approche, tout en gardant une certaine distance. Il ne m'a plus embrassée depuis que j'ai passé la porte de cet établissement et refuse que nous ayons des contacts physiques. C'est soi-disant pour mon bien, pour que je me rétablisse plus vite ! Or il est celui pour lequel je fais tous ces efforts. Sans lui, je ne serais plus de ce monde.

Aujourd'hui, j'ai décidé qu'il était temps pour moi de retrouver ma vie et ma liberté.

Je ne touche plus à la drogue, même si l'envie est toujours là, par facilité, je suis bien décidée à ne plus jamais y avoir recours.

Je me lève pour me mettre face à lui.

— Ma cure est terminée, annoncé-je.

Maxime cligne des yeux, surpris.

— Le médecin ne m'a rien dit, il considère que tu peux sortir ?

Je redoutais la manière dont il réagirait. Nous n'avons jamais parlé d'avenir… Il évite d'aborder le sujet, je ne sais pas ce que ça veut dire, mais le doute subsiste en moi. Veut-il réellement que nous ayons une relation ? Je suis brisée, fracassée, traumatisée. C'est un fardeau à supporter et je ne suis pas certaine qu'il en veuille, qu'il veuille de moi.

— Non, mais je ne supporte plus cet endroit, il est temps.

Maxime se frotte la nuque et a l'air de réfléchir.

— Il ne te reste plus qu'une semaine…

— Non, s'il te plaît, le supplié-je, telle une enfant.

J'ai conscience de jouer avec ses sentiments pour le faire accepter, mais je n'ai pas trouvé d'autre moyen. Une semaine de plus ou de moins ne changera rien. Je dois me changer les idées, voir du monde, reprendre une vie sociale.

— Bon, d'accord, mais uniquement si tu emménages chez moi. Je serai là pour t'aider.

Une larme coule le long de ma joue, c'est le plus beau jour de ma vie. Cet homme tient à moi. Je compte pour lui.

Ce n'est que lorsque sa main caresse doucement mon bras que je me rends compte qu'il s'est approché. Ce contact tant espéré qu'il me refuse depuis des semaines est un électrochoc. Je l'aime ! Je ne sais pas comment j'en suis arrivée à ce sentiment, mais je ne peux plus me passer de cet homme. Avec lui je sais que je peux tout affronter. Je lui dédie mon corps, mon âme, ma vie. Je suis à lui, entièrement.

De nos jours.

La porte de ma chambre se referme derrière moi et un cliquetis caractéristique m'indique qu'on m'a enfermée.

Je m'assieds sur mon lit comme chaque soir et regarde pendant un long moment le ciel étoilé. J'aimerais me promener dehors, observer les étoiles filantes et faire des vœux à chacun de leur passage. Sauf que tous les rêves que je souhaite sont en train de devenir irréalisables. Maxime était mon objectif à atteindre, mon but. Mais tout s'est envolé, désintégré. Que vais-je faire de ma vie à présent ? Cinq ans à ne penser qu'à lui, à imaginer notre avenir... Cinq ans de perdus, toutes ces années à me leurrer sur un homme qui ne m'aime plus. M'a-t-il seulement aimée un jour ?

Sans lui je ne suis rien, sans lui ma vie n'a plus de sens.

Soudain, la porte se déverrouille pour laisser entrer Maxime qui est dans une furie telle que je ne lui ai jamais connu.

Il referme malgré tout, silencieusement la porte avant de s'avancer à pas rapides jusqu'à moi. Sa main s'enroule autour de ma gorge pour me forcer à me relever. Il ne serre pas très fort, mais je sens tout de même que l'oxygène a plus de mal à passer dans mon corps.

— Qu'est-ce que tu cherches Ambre ? Tu veux la guerre ? Je fais tout pour que tu sois en sécurité ici, que tu reçoives le meilleur traitement possible. J'ai refusé de te mettre en isolement malgré l'incident qu'il y a eu et c'est de cette manière que tu me remercies ?

Je pose mes mains sur la sienne qui se resserre de plus en plus, j'étouffe. Le griffant légèrement, c'est comme s'il revenait à lui et me lâche d'un coup. Je m'effondre sur le lit qui par chance était juste derrière moi et tente de reprendre l'air qu'il me manque. Je tousse plusieurs fois alors que Maxime fait les cent pas devant moi.

Il sort un papier de sa poche et me le jette dessus. Je l'attrape pour lire ce qui y est écrit :

« Tu te rappelles de ta queue dans ma bouche… J'ai hâte de recommencer ! »

J'avoue avoir été très inspirée. J'en rigolerais presque si le regard de Maxime n'était pas meurtrier.

— Tu veux foutre le bordel dans ma vie, c'est ça ? Je te rassure, ta réapparition était suffisante.

Il se frotte le visage et tout à coup, ses prunelles se voilent. Dans un mouvement rapide, il défait sa ceinture, ouvre la fermeture éclair de son jean et sort son sexe de son boxer.

— Tu as hâte de recommencer Ambre... Je t'attends !

Je ne suis pas certaine de comprendre ce qu'il se passe. En arrivant, il avait clairement envie de me tuer et maintenant il veut que je le suce ! Je reste abasourdie un instant et il en profite pour se rapprocher.

Il attrape son membre d'une main et fait quelques va-et-vient même s'il est déjà tendu.

— Ouvre la bouche ! m'ordonne-t-il.

Mon cœur bat vite, je n'ai pas l'habitude qu'il me parle comme ça et des souvenirs montent en moi. On m'a forcée à faire ce genre de chose à de nombreuses reprises, va-t-il devenir comme eux ?

Maxime attrape ma tête pour m'avancer jusqu'à son érection. Je ne veux pas subir sa colère, qu'il me frappe ou me fasse du mal alors j'obéis.

J'ouvre la bouche et le prends le plus loin possible. Il imprime un rythme assez lent alors que ses mains glissent dans mes cheveux pour me masser doucement.

— Oui mon soleil, prends-moi, avale-moi, donne-moi du plaisir.

Ses paroles réveillent la midinette en moi. Il sait comment faire pour m'exciter, comment me parler pour que je lui sois soumise.

J'entortille ma langue et joue avec pour lui donner plus de plaisir. Je n'ai rien oublié et sais exactement comment le faire jouir. Sa respiration devient sifflante et je sais qu'il n'est pas loin de la jouissance, sauf qu'il se recule, passe ses mains sous mes bras pour m'allonger sur le lit.

Avant que je n'aie pu dire quoi que ce soit, il me retourne, tire mes hanches en arrière et me pénètre violemment.

Je ne suis pas prête à l'accueillir, mais il ne s'en préoccupe pas. Il est difficile pour moi de le repousser dans cette position. Sa main vient titiller mon clitoris, lubrifiant mon intimité et m'envoyant de petites décharges dans tout le corps. Ses coups sont brutaux, et pourtant, il arrive à me procurer des sensations de bien-être absolu. Malgré moi, mon corps fourmille. J'agrippe mon coussin pour plonger ma tête dedans. Mes gémissements sont de plus en forts et je suis certaine qu'on m'entend à l'extérieur. Ça ne fait qu'étouffer un peu le son, mais si quelqu'un se trouve dans le couloir, je ne suis pas sûre de l'efficacité de ma méthode. Maxime attrape mes hanches à deux mains et se met à aller et venir si fort que je tiens plus. Mon orgasme me dévaste par surprise. Je hurle mon plaisir alors que Maxime s'arrête pour jouir au fond de moi.

Je suis épuisée et tombe sur le côté quand il se retire pour s'asseoir au bord du lit.

Ma respiration est désordonnée. Je m'en veux de lui donner autant de pouvoir. Il a pris ce qu'il a voulu de moi sans que je ne m'y oppose réellement. Est-ce qu'un jour j'arriverai à lui résister ?

Un hurlement et un bruit sourd nous rappellent l'endroit où nous nous trouvons.

Sans attendre une seconde Maxime se rhabille, tellement vite que j'ai tout juste le temps de me couvrir de mon drap qu'il ouvre déjà la porte. Il se fige un instant avant de refermer derrière lui.

Une voix d'homme crie des choses que je ne comprends pas, la voix de Jared…

Chapitre 13

Jared

Je suis comme un lion en cage. Les gémissements d'Ambre se répercutent dans ma chambre, je ne les supporte plus !

Que m'arrive-t-il ? Je devrais m'en foutre, elle ne me sert qu'à me venger, ni plus ni moins. Elle ne représente rien et n'est rien pour moi !

Dans ce cas, pourquoi une haine sans équivalent me parcourt, faisant se resserrer mes poings ? Frapper, c'est tout ce dont j'ai envie à cet instant.

Je souffle pendant de longues secondes, il faut tout de même que je me calme, sauf qu'un cri perce, me faisant vriller. Il est faible, mais vu le silence qui règne, je ne peux que l'entendre.

Je me lève et frappe brutalement contre la porte en hurlant. Je vais certainement réveiller tout le monde, mais peu importe.

Mes poings tambourinent comme si j'étais possédé, jusqu'à ce que Rebeca débarque. Elle ouvre la porte tout en restant sur ses gardes. Elle a peur de moi. Je ne lui ai pourtant jamais fait de mal, mais je suis content qu'elle me craigne. Son petit manège avec Maxime n'est pas un secret pour moi, elle fait bien de se méfier.

— Jared, que se passe-t-il ?

Je tourne en rond dans ma chambre. Il faut que Maxime sorte de la chambre d'Ambre, c'est tout ce que je souhaite.

Je suis en manque, c'est forcément ça. Depuis qu'elle a débarqué ici, je n'ai plus touché une seule femme, hormis elle... Il serait peut-être temps d'y remédier.

— Tu ne te sens pas bien ? Tu as besoin de quelque chose pour dormir ?

Je ne lui réponds pas, sa voix nasillarde ne fait qu'amplifier mon énervement.

Tout à coup, Elias débarque suivi de Maxime. Ce dernier est débraillé, je suis content de le voir dans cet état et surtout qu'il y ait deux témoins.

Rebeca le détaille des pieds à la tête, les larmes au bord des yeux. Pauvre petite qui devait se faire des illusions. Elle pensait sûrement qu'il allait finir par divorcer ou qu'il ne baiserait plus qu'avec elle, si elle savait...

Maxime passe une main dans ses cheveux avant de fixer son regard sur moi.

— Qu'est-ce qu'il y a encore ?

Je m'assieds tranquillement sur mon lit alors que la colère se peint sur son visage.

— Tu fais des heures sup. ? le titillé-je.

Sa mâchoire se crispe alors que je jubile. Il est clairement pris en faute, c'est jouissif.

— Vous pouvez retourner à vos postes, dit-il aux deux soignants en gardant son regard fixé sur moi.

Elias me demande silencieusement s'il doit obéir alors je lui fais un rapide signe de tête.

— Tu vas finir en isolement Jared, c'est ça que tu veux ?

Un rire m'échappe, sa menace est tellement risible et infantile.

— Eh bien, vas-y ! le nargué-je.

Il penche la tête sur le côté et son regard me donne envie de lui éclater la tête contre le mur. Mes mains me démangent. Depuis le temps que je me retiens, cela devient de plus en plus difficile. C'est même le pire des supplices, mais je ne peux rien faire en étant encore enfermé ici.

—Tu sais que ça retardera ta sortie ?

En ai-je vraiment quelque chose à faire ? Cet après-midi, Elias m'a accompagné jusqu'à la porte d'entrée du centre. Et je suis resté bloqué devant. Je n'arrivais pas à faire le pas pour sortir de cette prison. C'était totalement ridicule comme situation. Je n'ai pas toujours vécu à huis clos. Un pas, un pas pour retrouver ma liberté, retrouver ma vie, mais j'en ai été incapable. Je suis resté devant cette porte pendant de longues minutes. Elias a tenté de me rassurer, mais une angoisse s'est emparée de moi. Ma gorge s'est bloquée et je n'arrivais plus à respirer. Tout mon corps refusait que je franchisse le seuil alors j'ai renoncé.

Le monde extérieur représente l'inconnu. Je ne sais plus à quoi m'attendre, comment me fondre dans la masse. Je suis terrifié par ce qui m'attend dehors, mais je sais qu'un jour je vais devoir l'affronter. C'est contradictoire car je veux faire mon tour du monde, faire ce que bon me semble de ma vie sans contraintes. Et en même temps, ce cocon dans lequel je me trouve est rassurant. Je n'ai à m'occuper de rien, c'est si simple.

— Tu sais que Charlotte m'a demandé de venir chez vous ?

Maxime cligne des yeux, ne comprenant sûrement pas mon changement de sujet. Les idées pour le faire payer fourmillent dans mon esprit. Il n'est pas au bout de ses surprises.

— Elle m'a dit que tu as refusé..., souffle-t-il, sur ses gardes.

Un sourire s'épanouit sur mon visage.

— Je pourrais changer d'avis... J'ai tellement de choses à raconter à ma petite sœur... C'est qu'il s'en passe des choses la nuit dans ce centre.

Comprenant très bien mon allusion, Maxime devient livide, mais essaie de ne pas perdre toute sa contenance.

— Tu peux lui dire ce que tu veux.

— J'y compte bien, réponds-je en m'allongeant sur mon lit.

Le silence accueille ma réponse, j'entends la porte s'ouvrir, mais avant de partir, il me dit :

— Je regrette la manière dont nous avons fait les choses, mais certainement pas que tu sois là aujourd'hui. Te faire interner t'a sauvé la vie et malgré tout ce que tu peux penser, c'était pour ton bien. Charlotte ne m'aurait jamais pardonné de te laisser dans cet état sans réagir.

Un mal de tête me surprend, il me fait repenser au jour où l'on m'a enfermé ici. Je sortais tout juste de l'hôpital et n'étais pas assez en forme pour me révolter contre qui que ce soit. Maxime a fait des pieds et des mains pour que je sois interné dans son service. J'ai mis plusieurs jours à prendre conscience de ce qui était en train de m'arriver et de comprendre qu'ils avaient contrecarré tous mes plans. Je me suis raté une fois, mais le plan que j'avais en tête pour la suite était infaillible, sauf que je n'ai jamais pu le mettre à exécution.

Il faut que j'arrête de ressasser tout ça, c'est inutile et ne m'apportera rien de bon si ce n'est un énervement supplémentaire.

Je ferme les yeux et attends sagement un sommeil qui ne vient pas.

Le réveil est difficile, comme chaque jour. Je dors très peu et la fatigue s'accumule. Je n'ai jamais aimé être enfermé, préférant les grands espaces ouverts. Ici, je suis un peu claustrophobe.

Elias m'attend comme tous les matins pour me donner mes médicaments. Je n'ai jamais refusé le traitement, à quoi bon ? Je sais très bien comment ça se passe et hormis nous faire perdre du temps avant la sortie, ça ne sert à rien.

J'avale le tout alors que le regard de mon ami est fuyant.

— Ça ne va pas ? demandé-je.

Il regarde tout autour de nous avant de s'approcher.

— Maxime... Je crois qu'il a une relation avec Ambre. Je l'ai vu sortir de sa chambre.

Il était temps qu'il s'en rende compte. En même temps, vu l'état dans lequel il a débarqué la veille, il n'y a pas vraiment de doute.

Il évite généralement de me raconter les histoires du centre, même si parfois, il aime que nous discutions des ragots qui circulent.

Mon ami m'observe attentivement.

— Tu es au courant ! s'exclame-t-il soudain.

Je hoche simplement la tête, c'est inutile de lui mentir. Dans tous les cas, je ne pouvais rien lui dire, il ne m'aurait pas cru sans preuve. Il aurait encore pensé que c'était parce que j'en voulais à Maxime.

— Putain, c'est une patiente ! Si ça venait à se savoir, il perdrait tout... Il est totalement inconscient.

Et ça m'arrange bien. Je veux détruire sa vie, ce n'est que le commencement. Il faut qu'il se retrouve au fond du trou, comme je l'ai été. Qu'il voit ce que ça fait de n'avoir plus rien ni personne à qui se raccrocher, seul et misérable. La roue tourne, c'est à son tour.

— J'en peux plus de ce type. Il se fout de ta sœur depuis le début. Il la trompe à longueur de temps. Je ne sais pas comment tu fais pour ne pas lui défoncer la gueule.

Ce n'est pas l'envie qui me manque sauf que le seul à en pâtir, ce sera moi et il en est hors de question.

Quand je pense qu'il était mon ami, la personne à qui je me confiais sans tabou ni peur d'être jugé et qu'aujourd'hui, je le considère comme un homme à abattre. Les sentiments sont tellement changeants.

— Je vais prendre mon petit déjeuner, annoncé-je à Elias qui me fixe, mais n'ose plus rien dire.

Il est la seule personne sur qui je peux compter, mais je n'ai pas envie de l'embarquer dans cette histoire. Je dois le laisser en dehors de ça. Il aime son travail et le dévouement qu'il a envers ses patients est tellement grand qu'il doit continuer à le faire. Sauf que s'il est mêlé à ma vengeance, il risque son poste et c'est hors de question. Moi je n'ai plus rien à perdre, il est trop tard.

Je lui fais un signe de la main avant de remonter le couloir jusqu'à la salle commune.

J'entre dans la salle et repère tout de suite Ambre assise à notre table. Elle a un plateau rempli de viennoiseries devant elle. Compte-t-elle vraiment engloutir tout ça ?

J'attrape un mug de café avant de la rejoindre.

Je tire ma chaise pour m'asseoir lorsqu'elle lève ses yeux émeraude sur moi. Ses cheveux bruns sont lâchés et dégringolent jusqu'à sa poitrine. Je repense encore à sa main posée sur son sein, j'aurais vraiment voulu qu'elle soit nue pour faire ce genre de chose. Elle m'a excité, je dois bien l'avouer.

— Bien dormi ? me demande-t-elle en attrapant un croissant.

— Pas mal, il y en a juste deux qui baisaient et m'ont réveillé.

Le coin de sa bouche se relève alors qu'elle dépiaute son croissant en petits morceaux.

— Il t'a fait jouir ? ne puis-je m'empêcher de demander.

Je n'ai aucune envie de savoir en fait. Rien que l'imaginer avec lui fait monter mes nerfs. Cette image s'imprime dans mon esprit et malgré moi, mes poings se serrent.

Elle lève un sourcil en fixant son regard au mien. Elle attrape un morceau de son croissant et le pose lentement sur sa langue. Elle joue avec moi, je le sens. Je devrais la planter là, mais quelque chose m'en empêche.

— La jalousie est un vilain défaut Jared… (Ma mâchoire se crispe, elle me cherche, mais il ne faut pas trop qu'elle me pousse.) Ne me reproche pas de faire ma partie du boulot. C'était ton idée je te rappelle. C'est ton plan, pas le mien.

Elle a totalement raison, c'est de ma faute. Et savoir qu'elle a baisé avec lui pour me satisfaire me donne la nausée. Suis-je allé trop loin ? J'ai des remords c'est clair, mais sans ça, je ne sais pas comment j'aurais pu faire. Il me fallait un moyen de montrer aux autres la vraie nature de Maxime. Il commence à se dévoiler. Son air débraillé était tout ce que j'espérais.

— Elias l'a vu sortir de ta chambre.

Elle sourit largement.

— Alors ça a fonctionné !

Au-delà de mes espérances et j'ai hâte de passer à la phase suivante.

Je bois une longue gorgée de café en tournant mon regard vers l'extérieur.

— Ça n'a pas été trop compliqué pour toi ? demandé-je mal à l'aise.

J'ai comme un besoin de l'entendre me dire qu'elle regrette d'avoir couché avec lui. Je devrais me foutre de tout ça, mais je n'y arrive pas. Je ne sais pas pourquoi, savoir qu'elle a pu souffrir de la situation ne m'est pas indifférent.

— Ne t'inquiète pas pour moi, je suis une grande fille. (Elle se penche sur la table, c'est une manie qui est loin de me déplaire, même si je préférais garder pleine possession de mes moyens.) En plus, j'ai pris un pied d'enfer ! Il m'a donné un de ces orgasmes ! Waouh.

Ambre se fout de ma gueule ! Mon cœur se met à pulser furieusement. Je me lève d'un coup prêt à massacrer le premier venu. La rage déborde en moi. C'est irrationnel, elle ne me doit rien, et surtout, je ne dois pas m'attacher à quiconque. Sauf que mon esprit me hurle d'arrêter de me servir d'elle. Pourquoi ses paroles me mettent-elles dans un tel état ?

Je pose mes deux mains à plat sur la vitre.

— Pourquoi es-tu interné Jared ?

Je me tourne lentement vers elle alors qu'elle m'observe les bras croisés.

— Et toi ?

Elle attrape une mèche de cheveux et joue quelques instants avec.

— J'ai tué quelqu'un...

J'essaie de rester impassible, mais la nouvelle est loin de me laisser insensible. Elle a tué quelqu'un ! Je passe une main sur mon visage. L'a-t-elle voulu ou est-ce un accident ? Je ne la vois pas du tout faire ce genre de chose de sang-froid et elle ne serait pas ici aujourd'hui si c'était le cas.

— À ton tour, me lance-t-elle un sourire aux lèvres.

Je ne tiens pas la comparaison. Je ne suis pas ici pour une chose aussi grave et j'ai du mal à m'imaginer dans une telle situation.

— Tu ne veux pas aller faire un tour ? lui demandé-je, ne me sentant pas à l'aise dans cette pièce. Trop d'oreilles traînent.

Elle passe une main dans ses cheveux avant de hocher la tête.

— Je te suis.

Je me dirige vers le couloir et l'emmène jusqu'à celui qui regroupe les chambres. J'attrape soudain sa main puis l'attire entre mes bras, pour la plaquer contre mon corps, lui coupant le souffle et la maintiens en place grâce à un bras autour de sa taille. De l'autre main, je passe sous son tee-shirt, caressant sa peau nue jusqu'à arriver à son soutien-gorge. Elle me nargue avec ses seins depuis le départ et j'ai de plus en plus de mal à me retenir.

— Jared..., souffle-t-elle avant de poser ses lèvres dans mon cou.

Ce contact me fait frissonner. Je lâche sa poitrine pour attraper son menton et poser sauvagement mes lèvres sur les siennes. Mon cœur palpite alors que mes sens explosent. Son odeur m'enivre tandis que son goût sur ma langue est comme un feu qui parcourt mon corps. Je veux la posséder. C'est plus fort que moi, je la pousse contre le mur et la bloque avec mon bassin, mon sexe contre son ventre. Ses mains se faufilent dans mes cheveux me maintenant contre elle. Nos corps s'emboîtent, se découvrent et c'est comme si je n'en avais jamais assez, comme si la seule chose qui pouvait me calmer était mon sexe à l'intérieur du sien.

Je lâche ses lèvres pour embrasser sa nuque et descends lentement. Ses mains baladeuses se posent sur mes épaules et parcourent mes bras jusqu'à mes poignets. Ses doigts touchent des marques que je n'ai aucune envie d'expliquer alors j'attrape ses mains pour les plaquer contre le mur.

— Toi aussi…

Je reprends sa bouche dans la mienne, mais elle se tortille pour essayer de m'échapper. Je finis par me reculer, même si je n'en ai aucune envie.

— Jared, que t'est-il arrivé ?

Sa question heurte mon cerveau et je la lâche instantanément. Je refuse d'en parler. C'est trop compliqué et ce n'est pas le moment pour ça.

— Soit on baise, soit je me casse, à toi de décider, lui balancé-je.

Je ne l'ai pas emmenée ici pour faire la causette. Son corps m'attire d'une manière que je ne m'explique pas, mais ce n'est pas pour ça que je vais lui livrer ma vie.

Chapitre 14

Ambre

Cet homme est insaisissable. À chaque fois que j'essaie de discuter sérieusement avec lui, il trouve quelque chose pour me distraire. J'avoue que cette fois, la manière qu'il a choisie est ma préférée. Ses lèvres sur les miennes, son corps contre le mien. Il m'a tout excitée et j'en veux tellement plus... J'ai bien compris qu'il n'avait qu'un moment de plaisir à m'offrir, mais rien qu'un baiser a allumé mon brasier intérieur comme personne.

J'ai un pincement au cœur en pensant à Maxime. Je l'ai utilisé et manipulé assez facilement c'est vrai, mais il n'en reste pas moins le seul homme que j'ai aimé. Il est aussi le seul à qui j'ai donné l'autorisation de profiter de mon corps. C'est un énorme pas pour moi que Jared, je ne sais par quel miracle me donne envie de franchir.

Huit ans plus tôt.

J'ouvre les yeux affolée après un cauchemar qui me hante quasi chaque nuit. Je me retrouve dans cette ruelle, totalement désorientée. Je crie mon désespoir jusqu'à voir arriver mon sauveur. Sauf qu'au lieu de m'emmener à l'hôpital, il me ramène auprès de mon bourreau. La sentence de ce dernier est pire que ce que j'ai déjà subi. La violence est si forte, les coups si douloureux que je prie pour mourir, jusqu'à ce que je me réveille en sueur.

Ma respiration se calme lorsque je remarque Maxime allongé à mes côtés, paisiblement endormi. Tout va bien, je suis en sécurité ! Je respire longuement, faisant diminuer les battements de mon cœur. C'est tellement réel, comme si tout ça était déjà arrivé.

Je m'assieds au bord du lit, observant le ciel noir rempli d'étoiles. Mon corps est encore tremblant. Je sais ce qui pourrait me soulager, sauf que j'ai promis à Maxime que je ne toucherais plus à la drogue en étant chez lui. C'est bien plus difficile que je ne le pensais. J'étais persuadée que seule la volonté comptait, mais je me rends compte que c'est bien plus complexe que ça. Le souvenir des sensations est un mal invisible qui me ronge jusqu'à la moelle. Cette euphorie, cet abandon, rien ne peut le remplacer. Je ne peux oublier mes souvenirs. Ai-je vraiment envie de vivre ainsi ? Le visage de Maxime s'impose aussitôt dans mon esprit, mais combien de temps tiendra-t-il avec une personne comme moi, une droguée ? Quel avenir peut-on avoir ensemble alors que je n'en vois aucun moi-même ?

Je me lève pour aller me rafraîchir. Mon corps est surchauffé, il faut que je me calme.

J'allume l'eau du robinet, en prends un peu dans ma main et la passe sur mon front. Je recommence plusieurs fois avant de poser les deux mains autour du lavabo, la tête basse. Mes mains blanchissent à force de serrer aussi fort la céramique. Que suis-je en train de faire ? Cet homme a tout fait pour moi, il m'a aidée à me remettre de ces mois de désespoir, il a pris soin de ma santé et m'accueille maintenant chez lui. Je lui dois d'essayer, je lui dois de respecter ma parole.

Forte de cette conviction, je me redresse et sursaute lorsque j'aperçois dans le miroir qui me fait face, le reflet de Maxime appuyé contre l'encadrement de la porte. Je ne l'ai pas entendu arriver, tellement prise dans mes pensées.

— Je ne voulais pas t'effrayer. Tu n'étais plus dans le lit, je me suis inquiété. J'ai eu peur que tu m'aies quitté...

Jamais. Jamais je ne pourrais faire une telle chose. Je me retourne pour m'avancer vers lui. Je passe mes bras autour de son cou et pose délicatement mes lèvres sur les siennes. C'est tendre, je n'en ai pas l'habitude, mais j'aime ça. Cet homme est rassurant et me donne envie de tout lui donner.

Mes mains glissent sur son torse nu. Je palpe ses muscles solides, il est fait pour me protéger. Je le caresse alors que sa langue envahit ma bouche. Ses doigts se faufilent sur mes fesses pour me rapprocher de son érection rigide. Un éclair traverse mon esprit, j'ai peur de lui donner mon corps, de me montrer vulnérable devant lui. Je n'ai eu que des expériences dont je me souviens à peine et j'ai peur de le décevoir. Je ne serai jamais à la hauteur des femmes qu'il a connues et une peine immense s'empare de moi. Je ne le mérite pas. Une larme s'écoule sur ma joue alors que Maxime détache sa bouche de la mienne. Ses sourcils se froncent alors qu'il recueille ma larme sur son pouce.

— Que se passe-t-il mon soleil ?

Mon cœur se serre en entendant ce surnom. Je n'ai rien d'un soleil, je suis plutôt l'ombre, la noirceur.

Maxime n'attend pas ma réponse, attrape ma main et me tire jusqu'au lit où il me pousse doucement à m'allonger. Je vais protester quand ses doigts se posent à la lisière du tee-shirt qu'il m'a donné pour dormir. Sa peau contre mes cuisses m'envoie de petites décharges dans tout le corps. Il me caresse lentement en prenant son temps alors que mes yeux sont fixés sur lui.

— J'ai terriblement envie de toi Ambre…, susurre-t-il.

Comment pourrais-je le lui refuser ? Il a pris soin de moi, je ne peux que lui rendre la pareille.

— Moi aussi, lui mens-je.

Je suis terrifiée. L'acte sexuel est synonyme de honte et de douleur dans mon esprit, j'ai du mal à le voir autrement.

Je sais que ce n'est pas sa volonté, il ne me ferait pas intentionnellement souffrir, mais j'appréhende beaucoup.

Il remonte le tee-shirt jusqu'à mon nombril et regarde mon intimité couverte d'une culotte. Un de ses doigts passe sur cette dernière et commence à faire des va-et-vient qui m'apaisent un peu.

L'anxiété est mon pire ennemi. Je prends une longue inspiration alors que Maxime reprend son ascension jusqu'à ma poitrine. Il me dévoile petit à petit et je sais quelle vision il a sauf qu'il ne dit rien. Il me regarde comme si j'étais une friandise qu'il s'apprête à dévorer et j'en suis quelque peu rassurée. J'ai tellement peur de lui déplaire. Les cicatrices qui parcourent mon corps n'ont rien d'attrayantes, mais n'ont pas l'air de le déranger.

Soudain, il se baisse pour attraper un de mes seins dans sa bouche et malgré moi, un gémissement passe mes lèvres. Des picotements traversent mon corps pour se concentrer dans mon intimité qui se met à palpiter. Personne n'a jamais pris la peine de me faire des préliminaires alors je découvre ces sensations. Il se détache pour venir sucer mon autre sein et je viens passer une main dans ses cheveux tentant de lui faire comprendre que j'aime ce qu'il me fait. Je ne peux pas en faire de même et le toucher plus bas, mais peut-être qu'un jour, j'y arriverai… Avec lui, je me sens capable de déplacer des montagnes tellement il est attentionné.

Sa bouche remonte vers mon cou qu'il picore jusqu'à venir lécher mes lèvres. C'est tellement sensuel, excitant…

Il se soulève un peu pour sortir son érection de son pantalon de jogging et pousse ma culotte sur le côté. La panique qui m'avait quittée se rappelle à moi et mes membres se mettent à trembler. Je ne suis pas prête à cette intrusion. Le serai-je seulement un jour ? Il faut peut-être que je prenne sur moi. Le premier pas est toujours le plus difficile…

Maxime frotte son sexe contre le mien, mais je suis tellement stressée par la suite que je ne ressens rien hormis la peur.

— Tu es prête ? me demande-t-il telle une supplique.

Je ne peux pas lui refuser ça, de quel droit ne lui accorderais-je pas la seule chose qu'il me demande ?

Je ne peux pas le dire, il comprendrait ma réticence et arrêterait tout, même s'il n'en a aucune envie, alors je hoche simplement la tête.

Il se penche vers la table de nuit pour récupérer un préservatif qu'il déroule sur son membre. Je profite de ce temps pour respirer à fond et tenter d'apaiser mes pensées.

Tout va bien, cet homme est bon, il tient à moi et fait tout pour me rendre heureuse. Être pleinement consciente de ce qui se passe n'est peut-être pas une bonne chose. Ça serait beaucoup plus simple avec une de mes pilules magiques. Je serais dans un autre monde et ne me poserais aucune question.

Je bloque ma respiration lorsqu'il commence doucement à me pénétrer. Un de ses doigts titille mon clitoris, sauf que rien n'y fait, je suis trop tendue. La douleur irradie dans mon corps alors qu'il continue son avancée. Je serre fort les dents et la bouche pour ne pas crier et le laisser continuer.

La brûlure se diffuse jusqu'à ce qu'il se retrouve au plus profond de moi jusqu'à la garde.

Sa mâchoire est crispée et une goutte de sueur perle sur son front.

— Tu vas bien ?

Je hoche la tête et il n'attend pas pour se reculer avant de revenir encore plus profondément. Je tourne la tête, mais ne peux m'empêcher de crier. C'est trop, sa peau contre la mienne à des endroits où je ne le supporte pas. Il entame des va-et-vient sans ne plus me prêter aucune attention. J'ai envie de hurler pour qu'il arrête, sauf que je me retiens de toutes mes forces.

J'essaie de me détendre, Maxime bouge en moi et les picotements s'estompent petit à petit. Je ne dirais pas que le plaisir est là, mais c'est moins désagréable. Sentant certainement le changement, il se met à aller de plus en plus vite. Ses halètements dans mon oreille, me prouvent que pour lui, tout se passe bien. Ses coups de reins sont plus prononcés jusqu'à ce qu'il se fige et grogne en capturant brutalement ma bouche.

Je sais ce que ça veut dire et un grand soulagement me parcourt. Encore quelques secondes et je serai libérée. Je n'en peux plus, il faut qu'il me lâche. Malgré toute ma volonté, je ne peux plus en supporter davantage.

Il se soulève et se détache de mon corps pour s'allonger à côté de moi.

Sa main vient caresser ma joue, mais j'évite de croiser son regard. J'ai peur qu'il lise en moi, qu'il comprenne que j'ai détesté ce qu'il vient de me faire.

Trop de souvenirs sont encore présents et je ne sais pas les effacer, ne serait-ce que quelques minutes.

Il a essayé d'être tendre, je n'ai rien à lui reprocher, mais j'ai besoin de temps. J'aurais préféré que nous nous découvrions, mais je ne veux pas le contrarier...

— Tu es si belle...

Son compliment me touche, même si je sais que mon corps est loin d'être parfait. Avant, j'étais séduisante, mais on a tout fait pour que je ne le sois plus. La violence qu'était ma vie a laissé des séquelles qui malheureusement se voient et je ne peux rien faire pour les cacher.

Je prends sur moi et tourne les yeux vers l'homme qui je l'espère partagera le reste de ma vie. Cette nouvelle expérience fut assez catastrophique pour moi, mais je compte tout faire pour y remédier. Étape par étape, je compte bien lui offrir mon être tout entier et me soumettre totalement à lui. Mon cœur est déjà sien et je ferai en sorte que mon corps lui appartienne également.

Son visage est radieux, il ne m'en veut donc pas de ne pas avoir partagé son plaisir. Je m'approche de lui jusqu'à poser ma tête contre son torse. Avec lui, je me sens en sécurité.

De nos jours.

Jared croise les bras, me signifiant que ses bonnes dispositions ont changé. Un air ombrageux passe sur son visage, mais je ne compte pas le laisser se faufiler, ça serait trop simple.

— Tu crois que tu peux m'avoir aussi facilement ? demandé-je en soulevant un sourcil. Ce n'est pas parce que tu as une belle gueule que tu peux tout te permettre. Qui te dit que j'ai envie de toi ?

Il se crispe alors qu'il revient vers moi. Il attrape soudain ma mâchoire et souffle contre mes lèvres.

— Ose me dire que je ne te fais aucun effet et que tu ne veux pas de ma queue dans ta petite chatte !

Ses paroles réveillent mon intimité qui palpite d'anticipation. Je ne peux pas lui mentir, même si ce n'est pas l'envie qui me manque sauf que je ne compte pas lui faciliter la tâche.

— Je croyais que tu ne passais pas après les autres. Comment as-tu dit déjà ? (Je fais semblant de réfléchir alors que ses paroles sont gravées dans mon esprit.) Ah oui ! Tu ne récupères pas les restes…

Son regard est fixé sur moi et il n'esquisse aucun mouvement de recul, comme je le pensais. Au contraire, son pouce vient tracer le contour de mes lèvres.

— Une si belle bouche… Tu devrais apprendre à la faire taire. Tu ne me connais, pas, tu ne sais pas de quoi je suis capable et ce que je pourrais te faire. Nous sommes seuls…

Je ne peux m'empêcher de ricaner, comme s'il me faisait peur !

— Rien de ce que tu me feras ne sera pire que ce que j'ai déjà vécu.

Ma réponse le déconcerte et alors que je crois qu'il va remettre de la distance entre nous, sa main libre vient attraper mon sexe à pleine main. Mon souffle se bloque. Ses doigts sur moi ne me répugnent pas, au contraire, cet homme a un don pour m'exciter.

— Ne sois pas si sûre de toi. La souffrance peut se manifester de millions de façons différentes.

Il se recule aussitôt, me laissant pantelante et frustrée.

Jared est mystérieux, mais je devine que sa vie n'a pas été toute rose non plus. Quelque chose m'attire vers cet homme, comme si quelque part, je me retrouve en lui. Il a raison, je ne connais quasiment rien de lui, car il ne me laisse pas l'atteindre, mais ça me donne justement envie de le connaître. J'ai une curiosité pour lui qui me surprend moi-même.

— Je t'offre une dernière chance de profiter de mon corps. Aujourd'hui, à dix-sept heures, dans ma chambre. Soit tu viens, soit tu m'oublies. Comme je te l'ai dit, je n'ai pas besoin de psy, j'en ai déjà une. La seule chose qui m'intéresse c'est de te baiser.

Sa proposition est totalement indécente. Comment pourrais-je accepter ça ? Je voulais me venger de Maxime, c'est clair, mais de là à coucher avec un autre homme… Je ne suis pas certaine d'en être capable. Je n'ai connu personne d'autre. En huit ans, il est le seul qui se soit enfoui en moi.

Jared sort de mon champ de vision, me laissant avec tout un tas de doutes en tête. La décision est loin d'être évidente et les conséquences qui peuvent en découler, ne sont pas à prendre à la légère. Je sens que la journée va être longue…

Chapitre 15

Jared

J'aimerais pouvoir entrer dans la tête de cette femme. Ambre est déstabilisante, autant qu'elle paraît fragile. Je ne sais pas sur quel pied danser avec elle. Je sais que son beau sourire n'est que façade, sauf qu'il cache un peu trop bien ce qui se passe dans sa tête. Enfin, je suis mal placé pour le lui reprocher, car je mets également une barrière avec les autres. Que ce soit par le silence ou l'agressivité, je me cache de mes vrais sentiments.

Depuis le début je sais qu'elle est différente, mais j'ai du mal à trouver en quoi. Plus les jours passent et plus j'ai envie de la connaître, de savoir plus en détail ce qui l'a conduite ici. Maxime m'a raconté une grande partie de sa vie. Les abus qu'elle a subis, la violence de son ex. J'avais un peu de mal à croire que ces histoires étaient entièrement véridiques jusqu'à ce que je la voie. Elle cache cette partie d'elle, mais a une fragilité qui peut venir de ce passé désastreux.

Elle a plusieurs facettes en elle et malgré moi, j'aimerais découvrir chacune d'elle.

Je secoue la tête, elle me perturbe, sauf que je ne peux pas la laisser m'entraîner vers ce sentimentalisme. Chacun a sa vie, ses problèmes à régler. Je ne suis pas là pour m'apitoyer sur son sort. La seule chose que je souhaite à l'heure actuelle, c'est qu'elle me rejoigne dans ma chambre. Je n'ai aucune certitude et ça me contrarie quelque peu. Je n'arrive pas à la manipuler comme je le souhaite, elle est insaisissable.

Je rejoins le bureau de ma psychiatre pour une longue séance avant de me rendre en salle commune.

J'évite Ambre qui est en pleine activité avec les autres pour rejoindre ma place habituelle. Les heures passent sans que je n'y prête vraiment attention. J'avale rapidement le repas sans un mot avant de sortir de la salle pour rejoindre ma chambre.

Alors que j'arrive au bout du couloir, Elias m'interpelle.

— Tu veux venir avec moi, faire un tour dans le parc ?

Je m'arrête instantanément, pris par surprise. Cette sortie n'était pas prévue ! Mon cœur accélère alors que mes membres se tétanisent. J'ai envie de me frapper moi-même, ce n'est pas possible d'avoir si peur de sortir de ce cocon qu'on a créé autour de moi. Je ne vais pas rester toute ma vie ici, interné. J'inspire, expire, tout va bien se passer.

— Si tu veux…

Elias me lance un sourire avant de se diriger vers la pièce où se trouvent nos effets personnels pour me donner des vêtements classiques, autres que nos uniformes. J'enfile ça rapidement avant de me dresser devant mon ami. Il m'observe, cherchant à me sonder, j'ai horreur de ça.

— Bon, on y va ? lancé-je en franchissant la porte.

Je m'avance jusqu'aux escaliers et attends qu'Elias passe son badge et m'ouvre le passage.

Plus je descends, plus l'anxiété monte en moi. Des fourmillements de stress me parcourent jusqu'à ce que j'arrive face aux portes vitrées, signe de liberté. Elias reste derrière moi en soutien, mais ne me force en rien. Il me laisse le contrôle, la décision.

La porte s'ouvre, laissant passer un couple. Je peux le faire, tout le monde y arrive. Je n'ai qu'à avancer, ce n'est pas compliqué. En plus, je ne suis pas seul, que pourrait-il m'arriver ?

Je cache mes mains tremblantes dans les poches de mon jean et m'avance encore et encore jusqu'à ce que les deux vitres coulissent m'envoyant de l'air frais sur le visage. Encore trois pas et je serai dehors. Elias pose une main sur mon épaule en signe de réconfort. J'ai bien besoin d'encouragement même si je ne le dirai pas. Sa présence me rassure.

Je fais un pas, puis deux, le soleil illumine soudain mon visage et je cligne des yeux à cause de la luminosité. Dans l'enceinte de l'établissement, elle est toujours plus sombre que là.

Mes yeux se ferment pour me concentrer sur les bruits. Je prends le temps de sentir les différentes odeurs qui m'assaillent. C'est comme si je sortais de prison, comme si tout ça m'était inconnu. Cette sensation est étrange.

— Tu viens ? me demande Elias au bout de quelques minutes.

Je cligne des yeux et me rends compte que je suis au milieu du passage de l'entrée.

Je me décale aussitôt et suis Elias qui s'avance vers un petit chemin caillouteux.

Pourquoi avais-je si peur ? Je ne me comprends pas. Nous avançons jusqu'à un banc au bord d'une petite étendue d'eau où il me propose de m'asseoir.

— Alors ça fait quoi de sortir ?

Je fixe mon regard sur l'eau, c'est apaisant.

— Je ne sais pas pourquoi, je voyais ça comme quelque chose d'insurmontable.

— Ça fait un an et demi, c'est normal…

Je le sais parfaitement, je connais mon métier même si on m'en a privé pendant tout ce temps. Se retrouver de l'autre côté, en tant que patient, n'est pas ce qu'il y a de plus agréable. En tant que soignant, vous faites votre journée et vous rentrez chez vous, alors que là, votre chez-vous, c'est le centre.

— Tu sais, j'ai repensé à cette histoire entre Maxime et Ambre… Je ne peux pas le laisser faire. Je dois le dénoncer. Il abuse de son pouvoir sur elle.

Je préfère ne pas répondre, que pourrais-je dire ? Après tout, c'était mon but. Je veux le détruire, ça n'est que le commencement.

— Tu l'aimes bien cette femme…, souffle-t-il doucement.

Je tourne la tête vers lui. Évidemment, elle sert mes intérêts, mais en dehors de ça, il n'y a rien.

— Elle est plutôt sympa à regarder…

Elias sourit, comme si ma réponse était drôle. Il me connaît bien, peut-être trop, mais sur ce coup, il se trompe. Je sais où je vais avec elle. Elle est tombée du ciel, juste au moment opportun. Je ne pouvais pas rêver mieux qu'une ex en colère.

Nous restons assis en silence pendant de longues minutes. Mon retour à la vie se fait en douceur et j'essaie d'apprécier ma nouvelle liberté.

— Tu veux aller faire un tour en ville ?

Mon pouls s'emballe, chaque chose en son temps. Je pense qu'il vaut mieux que je rentre. J'ai déjà retrouvé un semblant de liberté et j'ai apprécié ce moment, mais me retrouver au milieu d'inconnus n'a jamais été quelque chose de plaisant pour moi.

— On peut retourner à l'intérieur ?

— Bien sûr, comme tu veux.

Je me dépêche de me lever, j'ai besoin de retrouver un cadre que je connais.

Nous remontons le petit sentier et comme si je sentais une présence, je relève la tête en arrivant près de l'établissement. Mon regard trouve aussitôt celui d'Ambre qui est debout devant la fenêtre de la salle commune. Je suis sûr qu'elle me voit. Je continue d'avancer jusqu'à passer la porte vitrée et retourner à mon étage.

Je remets ma tenue réglementaire avant de rejoindre ma chambre. J'ai envie d'être seul, tranquille.

— Tu pourras demander à Maxime de venir me voir avant qu'il s'en aille s'il te plaît ?

Elias fronce les sourcils, ne comprenant pas, mais je ne lui laisse pas le temps de me demander quoi que ce soit et m'allonge sur mon lit en fermant les yeux.

— OK, finit-il par souffler.

J'attends que ses pas s'éloignent pour ouvrir à nouveau les paupières alors qu'une image ne cesse de s'imprimer devant eux. Ce visage que je connais si bien, son regard joyeux, son odeur si réconfortante... Des cheveux bruns comme les miens, mon père. J'aimerais tellement que les fantômes existent pour pouvoir le voir en étant vivant. Il me manque tellement... Depuis qu'Ambre a touché mes poignets et compris ce que j'avais fait, c'est comme s'il me hantait. Je ne doute pas que ma réaction l'aurait beaucoup déçu, mais sa mort m'a détruit. Sans lui, sans son soutien, sans ses conseils, comment pouvais-je vivre normalement ?

Il est parti et a pris ma vie avec lui. Ces cicatrices, pour moi, prouvent l'amour que je lui portais. J'étais prêt à mourir pour rester avec lui, je l'aimais à ce point... Il était mon modèle et m'a laissé tomber. C'est à partir de là que ma descente aux enfers a commencée. Ma copine ne comprenait pas mon mal-être. Je n'étais plus le même et elle ne l'a pas supporté. Elle est partie sans se retourner, m'a tourné le dos après trois ans passés ensemble, comme si ça ne représentait rien. Nous avions des projets, un avenir... Il est clair qu'à cette période, je n'arrivais plus à me projeter dans quoi que ce soit, je voulais en finir, mais elle ne m'a pas écoutée, ni aidé à refaire surface. Elle a juste fait ses valises et a pris la fuite.

Que me restait-il ? Ma sœur tentait elle aussi de faire son deuil dans les bras de mon meilleur ami, qui en a allègrement profité. Il m'a éloigné de Charlotte, il a fait en sorte que je me retrouve sans plus personne sur qui compter et ce qui devait se produire arriva.

J'étais seul dans mon appartement, au bord du désespoir avec une douleur insoutenable qui parcourait mon corps. Je n'en pouvais plus, je devais en finir une bonne fois pour toutes.

J'étais nu dans la salle de bain et alors que j'observais mon reflet dans le miroir, cette pensée est devenue une doctrine. Mourir pour rejoindre cette personne que j'aime, celle qui me rendait heureux juste en me souriant. Il aurait dû vivre encore des années, il le méritait… Moi, qu'ai-je fait pour avoir le droit d'être ici, sur terre ?

Comme un automate, je suis allé chercher un couteau dans la cuisine et me suis installé sur un fauteuil, devant la fenêtre de chez moi.

J'ai longuement observé la ville, les gens pressés, les enfants qui sautaient partout, les mamans qui les grondaient avant de les serrer dans leurs bras et les papas qui leur tenaient fermement la main pour ne pas qu'ils leur échappent.

J'aurais aimé redevenir un enfant et pouvoir encore profiter de son contact. Tout ce qu'il était disparaissait peu à peu, s'estompait, comme si malgré moi, je l'oubliais… Ça m'était insupportable.

Sans vraiment y faire attention, j'ai tendu le couteau devant moi et me suis entaillé profondément le poignet. La douleur était forte, mais c'est comme si elle évacuait celle qui brûlait en moi. Comme si mon sang qui gouttait sur le carrelage, me libérait du poids constant dans ma poitrine. Dans un geste rapide, je me suis fait la même chose à l'autre poignet. J'avais besoin de ça, besoin d'un dérivatif. Que mon esprit se concentre sur autre chose.

J'ai lâché le couteau qui est venu s'écraser au sol dans un bruit sourd et me suis assis au fond du fauteuil et ai laissé pendre mes bras sur les accoudoirs. Personne ne me voyait, personne ne faisait attention à moi, les gens dehors vivaient leur vie tranquillement alors que je me vidais de mon sang. C'est ça la vie, chacun à la sienne et personne ne se soucie réellement de l'autre. Le seul qui faisait tout pour moi, qui était là a chaque instant avait disparu et j'étais décidé à le rejoindre…

Un coup à la porte me sort brutalement de mes pensées. Sans m'en rendre compte, j'étais en train de frotter mes cicatrices. Je relâche mes poignets et me redresse.

Ambre se tient dans l'embrasure de la porte, me fixant avec attention. Son regard est intense.

— Tu étais dans tes pensées, je ne voulais pas te déranger, mais c'est toi qui m'as donné rendez-vous…

Je tourne la tête vers mon réveil et suis surpris de voir qu'il est 17h20. Je ne me suis pas rendu compte que le temps était passé aussi vite.

Je m'assois en m'étirant avant de me lever. Je parcours la distance qui nous sépare et l'attrape par la taille pour la faire avancer et pouvoir claquer la porte derrière elle. Son corps contre le mien, fait tout de suite réagir mon sexe. Il se dresse aussitôt, attendant de pouvoir être libéré.

Ambre pose ses petites mains sur mes avant-bras, elle a l'air mal à l'aise. C'est pourtant elle qui est venue, elle qui a accepté ma proposition. Je pose ma bouche dans son cou, la sentant frissonner. Son odeur m'enivre.

Je la pousse contre le mur pour pouvoir me frotter contre son corps, lui montrer l'effet qu'elle a sur moi. Je veux la posséder, il n'y a aucun doute là-dessus. Depuis le début elle me provoque, il est temps de lui montrer qu'on ne joue pas longtemps avec moi.

J'attrape ses cuisses que je soulève pour qu'elle entoure ma taille. Elle pousse un petit cri en s'accrochant à mes épaules et ouvre la bouche pour parler, mais je ne lui laisse pas le temps de dire quoi que ce soit en plaquant mes lèvres contre les siennes.

Son goût, sa douceur, c'est délicieux ! Ma langue la titille, l'allume. Je veux qu'elle soit excitée autant que moi, que son corps soit en feu, qu'elle me réclame. Mes mains passent sous son tee-shirt, sur ses côtes, jusqu'à sa poitrine. Ses seins ronds et lourds s'adaptent parfaitement à mes mains. Je les palpe et titille ses pointes durcies à travers son soutien-gorge. Son gémissement dans ma bouche me fait durcir encore plus. Ses ongles me griffent et je ne tiens plus. Je la soulève du mur jusqu'à l'allonger sur mon lit.

Ses cheveux s'étalent autour de son sublime visage et je ne peux m'empêcher de passer ma main dedans. Ils sont doux, comme le reste de son corps…

J'attrape le bord de son tee-shirt et le déchire, laissant apparaître son sous-vêtement.

— Jared…, souffle-t-elle.

Je relève les yeux sur elle pour la voir me fixer intensément, j'ai tellement envie de cette femme. Elle porte une de ses mains à mon visage et passe un doigt sur mes lèvres. Je lui en mords la pulpe, la faisant glousser.

— Prends-moi !

Je ne m'attendais pas du tout à ce qu'elle me dise une chose pareille, mais je ne me fais pas prier.

Je me lève pour me déshabiller avant de me rapprocher d'elle et de lui enlever son pantalon ainsi que sa culotte, la laissant quasi nue. Son corps se dévoile, elle est vraiment jolie.

Elle garde les yeux fixés sur moi et a l'air de jauger ma réaction. Des cicatrices parcourent son corps un peu partout, mais ça n'enlève rien à sa beauté. Mon doigt passe sur son pied et en suit une qui monte jusqu'à son mollet.

— Je n'ai pas un corps parfait, tu dois être déçu.

Si elle savait, je suis au contraire, très excité. Je n'aime pas la perfection, ça n'a rien d'intéressant. Mes doigts parcourent une autre cicatrice jusqu'à sa cuisse, qui s'arrête tout près de son intimité. Je tourne autour jusqu'à passer mon pouce sur son clitoris. Sa respiration s'accélère alors que je descends le long de sa fente. Je m'installe entre ses jambes, abaisse son soutien-gorge et viens sucer ses tétons. Une de ses mains caresse mes cheveux alors que je m'occupe d'elle. Je veux lui faire perdre pied, qu'elle oublie tout et ne pense qu'à moi. Moi qui lui donne du plaisir, moi qui lui fait du bien.

Je la pénètre d'un doigt et la sens se crisper. Mes yeux se fixent dans les siens, tentant de la rassurer avant de continuer de l'enfoncer et d'entamer de lents va-et-vient.

Je délaisse sa poitrine pour descendre le long de son corps. Jusqu'à venir lécher son clitoris. J'adore ses petits cris qui résonnent dans la pièce. J'entre un deuxième doigt dans son fourreau et vais de plus en plus vite. Ambre attrape mes cheveux et les tire alors qu'elle hurle son plaisir qui se déverse sur ma langue.

Je ne perds pas de temps pour remonter vers son visage en lui écartant plus largement les cuisses. Je positionne mon sexe à l'entrée du sien avant de capturer son regard. Je veux être sûr qu'elle soit connectée à moi et entièrement consentante, qu'elle me désire.

Je passe une main sur son visage, voyant l'hésitation qui la tiraille.

— Si tu veux attendre, ce n'est pas un problème, lui susurré-je.

Je n'ai jamais forcé personne et je ne le ferai jamais.

— J'ai envie de toi, viens.

Son assentiment est une bénédiction car je la veux. J'avance lentement mon bassin pour la pénétrer. Elle arrête de respirer alors je continue jusqu'à la garde. Elle est étroite, je me retiens de ne pas exploser. Je prends quelques secondes avant de me mettre à bouger en elle. Elle gémit alors que ses mains sont crispées sur mes bras.

Sa bouche légèrement entrouverte est un appel auquel je ne résiste pas. Je m'en empare alors que j'augmente le rythme de mes va-et-vient. Je la prends profondément, mes sens en ébullition. Le feu se répand dans mon corps. Je m'enfonce en elle encore et encore jusqu'à ce que son sexe se referme sur le mien, me faisant exploser. Je ne peux retenir un grognement en me déversant en elle.

Mon orgasme est dévastateur, ça faisait longtemps qu'une femme ne m'avait pas fait autant d'effet.

Une de ses mains caresse mon dos jusqu'à mes fesses alors que je détaille son visage.

— Pourquoi c'est aussi facile avec toi ? me demande-t-elle surprise. Je n'aime pas qu'on me touche, mais toi... C'est différent. J'ai aimé, j'ai vraiment aimé.

C'est tout ce que je voulais. Elle aussi est différente, mais je ne sais pas l'expliquer. Elle a quelque chose en elle qui me touche, qui me donne envie de passer du temps avec. Je suis pourtant solitaire et ne me lie pas facilement à quelqu'un.

— Merci pour ce moment, je me sens... Vivante.

Soudain la porte de la chambre s'ouvre et vu la grimace que fait Ambre, je me doute que c'est la personne que j'attendais : Maxime.

J'attrape le drap pour couvrir le corps d'Ambre alors que je me retire doucement pour la recouvrir. C'est comme si un vide parcourait mes veines, mais je n'y prête pas attention. J'attrape les vêtements de la femme qui se trouve dans mon lit pour les lui tendre avant de m'habiller.

Je me redresse avec un grand sourire pour fixer Maxime, l'air choqué, qui est toujours près de la porte. Il nous observe l'un l'autre, comme s'il n'y croyait pas, avant que la rage déforme ses traits.

— C'est pour ça que tu m'as fait venir ? crache-t-il.

Évidemment ! Pour quelle autre raison ? Charlotte doit certainement se poser des questions grâce au message qu'elle a dû trouver, Elias veut le dénoncer à sa hiérarchie, il ne manquait plus qu'il perde son premier amour. Je me suis promis de le détruire, je m'y emploie donc du mieux possible.

— Tu lui as demandé de venir ? Souffle Ambre.

Je tourne la tête vers elle et son visage dévasté me serre le cœur. Je ne voulais pas me servir d'elle, je regrette d'en être arrivé là, mais je devais les séparer une bonne fois pour toutes. Les larmes qui envahissent son visage me déchirent de l'intérieur. Je veux m'excuser, la prendre dans mes bras. Au lieu de ça, je la laisse courir jusqu'à la porte, bousculer Maxime et s'enfuir dans le couloir. Je dois la laisser partir, je ne peux pas me permettre de montrer quoi que ce soit devant lui.

Chapitre 16

Ambre

Jared s'est servi de moi ! Il m'a baisée pour montrer à Maxime qu'il pouvait m'avoir. Il a fait de moi tout ce qu'il voulait. J'ai eu une grande appréhension lorsqu'il a posé ses mains sur moi, lorsque son membre s'est frotté contre mon intimité. La peur de souffrir était très présente, mais il a réussi à me mettre à l'aise. C'est un petit miracle que je ne sais pas expliquer. La sensation de sa peau contre la mienne était loin d'être désagréable. Il n'a pas été brutal et a tout de même réussi à me faire jouir, je n'en reviens pas. Mes relations avec Maxime ne ressemblaient pas du tout à ça. Il me prend violemment et j'aime ça, je ne le nie pas, mais la douceur dont Jared a fait preuve me déstabilise. Je ne pensais pas être capable de ressentir du plaisir de cette façon…

Tout était parfait… Jusqu'à ce que Maxime entre dans la chambre. Il a cassé notre bulle et a révélé la supercherie au grand jour. Jared a profité de moi, de mon corps, comme tous ces inconnus… Je le hais ! Il m'a utilisée pour son fameux plan, j'ai tellement honte de m'être fait berner à ce point. Je pensais que je l'intéressais, qu'il avait vraiment envie de moi alors que non.

Je frotte vivement mes bras, je dois prendre une douche, je me sens si sale. Je claque la porte de ma chambre et arrache mon pantalon ainsi que le tee-shirt qu'il m'a donné : son tee-shirt ! Avec son odeur, c'est insupportable.

Je me débats quelques secondes jusqu'à être enfin nue et cours jusqu'à la salle de bain.

Il faisait semblant. Mes cicatrices doivent le répugner, il voulait juste m'amadouer, me rendre faible pour mieux me manipuler. Depuis le départ, il me ment. Il a compris que j'étais attirée par lui et il en a profité. Je lui ai rendu la tâche bien trop facile.

Je me mets sous le jet brûlant qui fait rougir ma peau. La sensation de ses doigts qui me parcourent, et celle de sa langue qui me suce sont toujours bien présentes j'attrape le flacon de savon et en verse une grande quantité dans ma main, avant de frotter chaque partie de mon corps qui a été en contact avec cet homme. Je lui ai fait confiance, je lui ai donné une part de moi en le laissant me pénétrer et il l'a piétinée à pieds joints.

Je frotte mon intimité et mets du savon à l'intérieur, je ne veux plus de sa semence en moi, tout doit disparaître ! Je sais pertinemment que c'est impossible, mais savoir qu'à l'intérieur de mon corps, coule quelque chose qui lui appartient est insoutenable. C'est douloureux, ça me brûle, mais je continue jusqu'à ne plus le supporter et finis par me rincer. Lorsque le savon a fini de s'écouler, je me recroqueville contre le mur en prenant mes genoux entre mes bras. Je devrais avoir l'habitude d'être déçue. Depuis que je suis arrivée ici, je ne fais que ça.

Je suis seule, désespérément seule. Maxime ne veut pas de moi, Jared non plus. Je n'ai pas d'ami, pas de famille sur qui me reposer... À quoi bon vivre ?

Je me suis battue pour me sortir de la drogue, battue pour vaincre mes crises d'angoisse provoquées par mes souvenirs, battue pour retrouver l'homme que j'aime, battue pour vivre... Tout ça pour en revenir à la case départ.

Je hurle la rage et le désespoir qui battent dans mes veines. Je n'en peux plus, je ne sers plus à rien sur cette terre. Je me balance lentement jusqu'à ce que le froid me fasse grelotter.

Je me relève, me sèche rapidement avant d'attraper une tenue que j'enfile en vitesse.

Forte d'une nouvelle détermination, j'ouvre la porte et suis surprise de trouver Maxime posté contre le mur d'en face. Il relève les yeux vers moi en détaillant mon corps. Mon cœur bat fort, mais je tente de ne rien lui montrer. Je suis déçue par tout le monde, je ne suis que haine.

— Tu as baisé avec lui..., souffle-t-il.

De quel droit se mêle-t-il de ça alors que lui doit baiser sa femme chaque jour qui passe ? Je ne suis plus l'« Ambre » soumise qu'il a connue. J'ai eu cinq ans pour reprendre ma vie, pour tenter de retrouver mon caractère. J'ai été faible en le revoyant car trop de bons souvenirs me rappellent les années passées ensemble, mais c'est terminé.

— Tu vas avoir un gosse ! Tu n'as plus aucun droit sur moi !

Sa mâchoire se crispe tout comme ses poings. Lui aussi a changé, il perd plus vite son sang-froid.

— Il a fait ça uniquement pour me faire payer quelque chose qu'il ne veut pas comprendre.

Tu ne représentes rien pour lui. Il t'a baisée et aura oublié demain, il est comme ça, il ne s'attache pas.

Je m'avance vers lui en gardant une distance respectable.

— Parce que je représente quelque chose pour toi ? Explique-moi ce que je suis ? Ta maîtresse ? Ta putain ?

— Ambre, me sermonne-t-il.

Le voir aussi proche et savoir qu'il n'est plus à moi me fait souffrir plus que je ne l'admettrais, je l'aime et je ne sais pas comment me débarrasser de ce sentiment. Il a représenté tout ce pour quoi je me suis battue jusqu'à aujourd'hui. Sauf qu'à cet instant, voir son visage aussi près me donne envie de le défigurer, de griffer sa peau jusqu'à l'arracher. Mes ongles sont assez longs, je suis sûre que j'arriverais à lui faire mal...

— Tout va bien ? demande une voix féminine du bout du couloir.

Maxime se redresse en remettant sa blouse en place.

— Oui Rebeca, vous pouvez rejoindre la salle commune, je venais chercher Ambre pour le repas.

Salopard, je laisse passer son mensonge, il ne mérite pas que j'use ma salive pour lui.

Rebeca nous détaille quelques secondes avant de faire ce qu'on lui demande.

Je m'apprête à la suivre lorsque je sens des doigts agripper mon bras. Je me dégage vivement en fusillant Maxime du regard.

Je l'ai toujours élevé à un niveau bien trop haut pour lui, mais maintenant que j'ai compris qu'il se fiche totalement de moi, c'est comme si mon corps le rejetait. Je ne sais pas comment c'est possible, mais je ne supporte plus qu'il me touche. Je ne lui fais plus confiance.

— Ambre, s'il te plaît... Je suis désolé. Je sais que je me comporte comme un con.

Il passe une main dans ses cheveux, ceux que j'adorais avoir entre mes doigts, ceux que je tirais lorsqu'il me faisait jouir... Tout ça est terminé et je me fous complètement de ses excuses. Mon estomac se serre, l'amour que j'ai pour lui doit disparaître, je dois le laisser partir, une bonne fois pour toutes. C'est la chose la plus difficile que j'ai jamais eu à faire, mais je dois comprendre que plus rien ne sera comme avant. La relation que nous avions est morte et enterrée. Il m'a oubliée et je dois en faire de même. Il ne me veut que pour le souvenir d'un premier amour, d'une histoire compliquée qui lui a demandé beaucoup d'investissement. J'ai conscience que ces années passées avec moi ont été compliquées à gérer pour lui, j'étais un fardeau. J'ai cru qu'il voulait me revoir, reprendre là où tout s'est arrêté... Mais je crois que je me leurrais.

Dans un dernier espoir, je demande :

— Tu ne m'aideras pas à sortir d'ici ?

Il fronce les sourcils.

— Comment veux-tu que je fasse ? Même si je le voulais, ce serait impossible.

Il est le directeur du service, il a tous les pouvoirs, je suis sûre que s'il le voulait vraiment, il en serait capable. Sa liste devait me conduire jusqu'à lui, jusqu'au bonheur… Mais elle ne me conduit qu'à ma déchéance, qu'à la fin de mon rêve. Je sais aujourd'hui qu'il ne se réalisera jamais.

Je me tourne pour rejoindre les autres, je n'arrive plus à le supporter.

Il ne fait rien pour me retenir et c'est mieux ainsi, je ne sais pas de quoi j'aurais été capable autrement.

J'entre dans la salle remplie. J'avise ma table habituelle, mais je ne veux plus avoir à faire à la personne qui y est déjà assise.

J'attrape un plateau, me sers et vais donc prendre place à côté de ma copine Mely. Nous faisons toutes les activités ensemble. J'avais peur qu'après sa petite crise où elle a voulu me tuer, elle ne veuille plus me parler, mais au contraire, elle était contente que je continue de venir vers elle.

Elle lève le regard vers moi une seconde avant de replonger dans son assiette.

— Tu as raté l'atelier, chuchote-t-elle.

— Oui, j'étais prise ailleurs.

J'ai presque envie de rire en me rendant compte du mot que je viens d'employer. « Prise », c'est le cas de le dire, surtout pour une conne d'ailleurs !

Je sens le regard pesant de Jared sur moi, mais prends soin de ne pas lui accorder une seconde d'attention, il ne le mérite pas.

Je triture la nourriture, sans vraiment la manger. Mon estomac est noué, comment puis-je avaler quoi que ce soit ? Toutes mes émotions se mélangent et je ne sais plus vraiment où j'en suis.

— Vous avez passé une bonne journée ? lancé-je à la tablée.

Je sais que ce ne sont pas des bavards, mais un homme, plus âgé que moi me sourit de toutes ses dents. Ses yeux descendent vers ma poitrine, il me mate à longueur de temps, mais j'ai appris à ne pas y prêter attention. Il n'est pas méchant, juste en manque d'attention…

— Elle pourrait être mieux ma jolie…

Je lui fais un signe de la main pour le calmer. Il ne faudrait pas non plus qu'il s'emballe.

— Je t'ai fait un dessin Ambre…, me souffle à peine Mely.

J'aime beaucoup cette fille même si elle ne parle pas beaucoup. Je sais que sa vie a été compliquée et que le traumatisme perdure, mais je sens que je commence à m'y attacher.

Alors que je suis penchée vers elle, je ne vois pas venir l'homme qui se trouvait à l'autre bout de la pièce.

Jared se dresse fièrement devant moi. Mon regard est attiré malgré moi vers ses yeux persans. Il ouvre la bouche, la referme avant de passer une main sur son visage.

— Je peux te parler Ambre ?

Ses yeux sont vides et ne reflètent rien de ses pensées, comme à son habitude. Pourquoi lui accorderais-je quoi que ce soit ? Je n'ai plus rien à faire avec lui. Il a eu ce qu'il voulait, il devrait me laisser tranquille.

Je détourne le regard pour reprendre l'exploration de mon assiette.

— S'il te plaît, il faut vraiment que je te dise quelque chose.

Ce n'est pas son genre de venir supplier. Je me redresse, croise les bras et attends. S'il croit que je vais aller m'isoler avec lui pour qu'il recommence son baratin, il peut attendre longtemps.

— Vas-y, j'écoute.

Il hausse un sourcil en avisant chaque personne assise à la table.

— Tu es sûre de toi ?

Je n'esquisse aucun geste alors il se rapproche.

— Je sais qu'on devait faire équipe sur ce coup, mais c'était ma chance, je devais la saisir.

Il a eu raison, ça m'a prouvé que je me trompais lourdement sur lui. Il n'a rien d'exceptionnel, il est comme tous les autres.

— J'en ai rien à foutre, tu déranges notre repas.

Ses yeux me lancent des éclairs, mais je m'en fiche royalement.

Soudain, il pose brutalement ses mains sur la table, me faisant sursauter.

— Tu te crois plus intéressante que les autres ? Tu ne représentes rien pour moi, tu es insignifiante. Je t'ai baisée juste pour voir la gueule de l'autre se décomposer.

Mon sang pulse à mes oreilles. Il avoue s'être foutu de moi et devant tous les autres qui n'en perdent pas une miette. Je suis en train de passer pour quoi ? Ma tête tourne alors que la rage monte en moi sans que je puisse faire quoi que ce soit pour l'arrêter. J'attrape mon assiette et la lui jette dessus. Il l'évite au dernier moment, mais ça ne me suffit pas. Mon verre suit le même chemin alors qu'il esquive habilement mes projectiles en rigolant.

Ça le fait rire ! Ma colère le fait marrer ! Je me lève en faisant tomber ma chaise, mais je n'y prête même pas attention tant je suis concentrée sur lui. Je vais le tuer, j'ai besoin de me défouler ! Sans plus de réflexion, je me jette sur lui en griffant ses épaules. Il attrape rapidement mes mains pour me bloquer, mais je me débats et tente de lui donner un coup de genou entre ses jambes. Ce n'est pas aussi facile que je ne l'espérais et suis rapidement encerclée par les soignants.

Je me fige aussitôt et commence à pleurer. Je dois impérativement me calmer sinon je vais finir en isolement et je ne pourrais plus rien faire. On me collera aux basques sans arrêt et ce n'est absolument pas mon but.

Je me laisse tomber au sol alors que Jared me lâche. Elias se précipite sur moi pour me relever. Il me force à avancer vers le couloir alors qu'un autre soignant nous suit. C'est le brouhaha dans la salle à cause de mon coup de folie, mais je ne pouvais pas rester sans réagir !

— Ambre, que s'est-il passé ? Tu peux me parler, tu sais ?

Les paroles réconfortantes d'Elias ne m'aident pas. À présent, je me fiche de tout et n'ai plus confiance en personne et encore moins en un homme. Ce ne sont tous que des manipulateurs. Je le laisse me conduire jusqu'à ma chambre.

— Tu as besoin d'un calmant ?

Je secoue la tête, non je n'ai pas besoin de somnifère, je dois juste reprendre mes esprits sans parasite autour de moi.

— Alors je te laisse te reposer.

Je m'assieds sur mon lit en fixant mon regard sur le ciel qui s'obscurcit.

La porte se referme et je me dirige vers la salle de bain. J'ouvre le robinet pour m'asperger un peu le visage. Je ne me sens pas très bien.

J'attrape une serviette et en reportant les yeux sur le lavabo, je remarque une paire de ciseaux. Je me recule jusqu'à me cogner contre le mur. Je tourne la tête dans tous les sens pour comprendre ce que ça fait là. Ça ne peut pas être réel ! Je ferme les yeux et appuie sur mes paupières sauf que quand je les rouvre, elle est toujours là, m'attendant sagement.

Je retourne dans ma chambre et fais les cent pas en prenant ma tête entre mes mains. Qui me fait ça ? Qui connaît mes secrets ? Qui est au courant que c'est de cet instrument que je me servais pour purger mes angoisses. Qui entaillait ma peau sur tout mon corps. Mes membres se mettent à trembler et je ne tiens plus sur mes jambes. Je m'assieds dans un coin de la chambre, espérant disparaître ou que ce ne soit qu'un cauchemar.

Sauf que je ne tiens pas en place, j'ai besoin de bouger. Je me relève et m'avance doucement vers cette petite pièce où se trouve l'objet qui me hante. Je jette un rapide coup d'œil espérant qu'il ait disparu, mais il n'en est rien !

Je prends une profonde inspiration, je dois résister, il le faut ! Même si ma vie est un enfer et que personne ne se soucie réellement de moi ? En fait, je suis seule et inutile. À quoi bon vivre quand on n'a personne avec qui partager son existence ?

Je tends ma main, lentement jusqu'à passer un doigt sur les ciseaux. Le métal froid me rappelle tellement de souvenirs. Rien de joyeux, mais réconfortant. J'avais le pouvoir, j'étais la maîtresse de la situation. Je décidais de l'endroit, de la longueur de l'entaille, de sa profondeur…

J'attrape la paire de ciseaux et sors de la pièce pour rejoindre mon lit. Je l'observe, l'imprime dans mon esprit. Peut-être que ça me soulagerait ? Je peux essayer et j'arrêterai si ça ne fait rien… Je baisse mon pantalon, faisant apparaître mes cuisses. J'approche une des lames et la frotte sur ma peau, ne faisant que m'égratigner, sauf que ce n'est pas assez. Je commence à l'enfoncer très lentement pour profiter de ce moment hors du temps. Tout disparaît, je ne ressens plus la douleur de la trahison, c'est tellement bon. Plus le sang coule, plus je m'apaise…

Chapitre 17

Maxime

Cette journée commence mal. À peine entré-je dans mon bureau que quelque chose cloche. Je parcours l'endroit jusqu'à trouver un mot manuscrit sur mon bureau.

« Je sais ce que tu as fait, profite de tes derniers instants en tant que directeur. »

Je tourne la feuille dans tous les sens, cherchant un indice, mais il n'y a rien. Je l'écrase entre mes doigts, qui peut bien me faire ce genre de menace ?

Il est clair que Jared a bien réussi son coup. Elias m'a vu sortir de la chambre d'Ambre, est-ce lui ? Je ne peux pas le lui demander, il faut que je trouve comment m'assurer qu'il ferme sa bouche. Rebeca aussi me regardait étrangement, je n'en suis pas sûr, mais je pense qu'elle a compris que quelque chose se tramait. Je ne comprends toujours pas ce qui m'a pris de coucher avec elle, cette femme est si insignifiante... C'est une erreur que je ne referai plus, mais si elle se doute de quoi que ce soit, elle peut vouloir me le faire payer.

Un mal de tête me prend, comme si je n'avais pas assez de soucis comme ça, il y a maintenant quelqu'un qui se prend pour un héros.

Je balance le mot à la poubelle et décide de ne plus y penser. Après tout, il n'y a aucune preuve contre moi, pourquoi m'inquiéterais-je ?

J'allume mon ordinateur et me concentre sur mon travail jusqu'à ce que dans l'après-midi, Elias frappe la porte.

Je me redresse alors qu'il s'installe face à moi. Il a pris soin de fermer la porte, nous isolant.

— Tu as besoin de quelque chose ? demandé-je.

Un rictus apparaît sur son visage.

— Je veux juste te tenir informé sur l'avancée d'un de tes patients, enfin si ça t'intéresse vraiment...

Je serre les dents, je dois garder mon calme, il ne sait rien, ce qu'il a vu n'est rien du tout.

— Évidemment, je t'écoute.

— Jared est sorti. Nous sommes allés dans le parc, ça s'est bien passé.

Je suis content de l'apprendre, ce n'est jamais évident de reprendre sa vie après un internement et je suis heureux qu'il commence à comprendre qu'il doit reprendre des repères hors du centre. Je reste tout de même inquiet pour lui. Sa thérapie a duré longtemps, mais je ne suis pas certain qu'il en ait réellement compris la raison vu les reproches qu'il continue de me balancer.

— D'accord, tu penses qu'il sortirait avec quelqu'un d'autre que toi ?

Elias fronce les sourcils.

— Pourquoi ? Tu veux m'éloigner ?

— Non, mais tu as des jours de repos et il faut qu'il apprenne à se resocialiser. Toi il te connaît, mais il ne connaîtra pas forcement les gens qui l'entoureront et je n'ai pas envie qu'il soit angoissé à ce moment-là.

Elias se met à rire alors que je me renfrogne. Qu'ai-je dit de drôle ? Je dois être parfaitement sûr qu'il puisse vivre normalement avant de le laisser sortir. S'il lui arrive quoi que ce soit, j'en serai responsable aux yeux de ma femme.

— Pas angoissé ? Passe plus d'un an enfermé et on en reparlera. Bien sûr que l'extérieur lui fait peur et c'est normal. Que ce soit avec moi ou avec quelqu'un d'autre, ce sera la même chose.

Je crois qu'il n'a jamais accepté que mon statut évolue et que je remplace le directeur qui l'a embauché. J'étais dans leur groupe d'amis et je suis devenu leur supérieur, ça ne doit pas être évident pour lui de comprendre.

— J'en suis conscient, merci. Dans tous les cas, c'est moi qui prends les décisions, donc quelqu'un te remplacera, que tu le veuilles ou non.

— Fais ce que tu veux Maxime, mais n'oublie pas que je sais certaines choses. Je t'ai vu sortir de la chambre d'Ambre et je me doute bien de ce que vous y avez fait.

Je suis sûr que c'est lui qui a mis ce mot. Mais pourquoi me le dire ? J'ai bien compris la menace, pas besoin de la répéter.

— Je suis juste allé lui parler.

Un nouveau rire lui échappe alors qu'il se lève.

— Tu ne sais pas mentir, tu devrais prendre des cours, ça pourrait te servir. Jared a demandé à ce que tu passes le voir dans sa chambre avant de partir.

Que me veut-il ? Comme si j'avais que ça à faire !

Elias sort de mon bureau sans rien n'ajouter. Je passe une main sur mon visage et remets ma blouse en place. S'il croit pouvoir m'intimider, il est loin du compte.

Je finis rapidement d'envoyer quelques mails avant de tout ranger et éteindre pour enfin rejoindre ma femme.

Arrivé dans le couloir, je me souviens de Jared et remonte le couloir jusqu'aux chambres.

Des gémissements étouffés se font entendre, mais je dois rêver. Je continue jusqu'à arriver devant sa porte et me statufie. Un cri perce jusqu'à ce que tout redevienne silencieux. Il me demande de venir alors qu'il est en train de baiser ? Je devrais le mettre en isolement depuis le temps que j'y pense, ça lui remettrait peut-être les idées en place. Il est normalement interdit de s'adonner à ce genre d'activités ici, mais j'ai fait comme si je ne le voyais pas. Je comprends ce besoin charnel et n'ai pas eu envie de lui enlever cette source de plaisir. J'aurais peut-être dû me montrer plus sévère finalement.

J'active la poignée et ouvre la porte pour découvrir Jared nu sur Ambre ! Mon Ambre en train de baiser avec lui ! Je ne peux pas y croire, mes yeux restent bloqués sur eux malgré moi.

Je me force à ne pas ouvrir la bouche, n'étant pas sûr de contrôler les paroles qui pourraient en sortir. Pour qui se prend-il ? Et elle, je ne réalise pas qu'elle ait pu faire ça ! Ambre s'enfuit aussitôt habillé alors que je reste là, inerte, choqué.

Je m'oblige à rester près de la porte sinon j'irais coller mon poing dans la figure de Jared qui me sourit. Il est fier de lui ! La haine me parcourt, mais je finis par sortir de la chambre et me dépêche pour rejoindre au plus vite ma voiture. Je dois partir tout de suite ! Sauf que mes jambes en décident autrement et s'arrêtent devant la porte d'Ambre. Je ne dois pas aller la voir, il serait plus judicieux de ne pas lui parler, mais malgré moi, je reste là, bloqué.

Leur image, l'un dans l'autre reste coincée dans ma tête. Elle s'est laissée faire, je n'en reviens pas. J'ai mis du temps à l'apprivoiser, à ce qu'elle trouve du plaisir avec moi, mais je les ai entendus à travers la porte. Avec lui, elle a joui ! Est-ce seulement leur première relation ? Ou couche-t-il ensemble depuis son arrivée ?

Je passe une main dans mes cheveux et me plaque contre le mur d'en face. Les voir ensemble a été comme un coup de poignard. Je sais qu'Ambre me déteste pour avoir refait ma vie, mais de là à baiser le premier type qui passe... C'est une surprise totale. Je suis certain que Jared a profité de sa faiblesse. Cette femme est vulnérable, elle perd vite pied. Sa vie a été compliquée, elle a de bonnes raisons d'être comme ça, mais tout le monde peut la manipuler à sa guise sans même qu'elle n'y fasse attention.

Soudain sa porte s'ouvre. Son regard trouve tout de suite le mien et la rage se déverse dans mes veines sans que je ne puisse l'arrêter. Je lui crache mon venin, au visage après tout, elle le mérite. Elle tente de résister, de paraître forte, mais ce n'est qu'une façade, je la connais... Malheureusement, Rebeca vient mettre un terme à notre bras de fer et la réalité de la situation me frappe. Je suis en train de perdre pied. Je dois reprendre le contrôle sauf que sa question est ridicule. Comment pourrais-je la faire sortir du centre ? Elle ne se rend pas compte de la gravité de son état.

Je respire un grand coup et elle en profite pour s'échapper, c'est peut-être mieux ainsi. Je n'attends pas plus longtemps avant de sortir de l'établissement.

Je me gare devant chez moi et prends quelques secondes pour respirer. Je ne pouvais plus rester au centre, j'avais trop besoin de parler avec Ambre, sauf que ma tension est trop vive et je risque de regretter ce que je pourrais dire ou faire.

Je me décide à entrer chez moi rejoindre ma femme.

J'ouvre la porte, me débarrasse de mes affaires puis m'avance dans le salon. Charlotte est assise sur le canapé, un livre à la main. Elle ne tourne même pas le regard vers moi en m'entendant arriver, elle m'en veut toujours. J'ai eu beau lui expliquer que ce n'était qu'une blague d'une femme hystérique, elle ne me croit qu'à moitié. Je n'ai pas réussi à la convaincre et depuis, elle ne m'adresse que rarement la parole.

— Bonjour mon amour, soufflé-je en avançant jusqu'à elle.

Elle lève rapidement les yeux avant de reprendre sa lecture.

Je m'agenouille devant elle et pose délicatement mes mains sur son ventre. Elle bouge pas mal en ce moment, c'est toujours impressionnant de la sentir et c'est une sensation que j'adore.

— Arrête de bouder s'il te plaît, tu me manques, nos conversations me manquent, je t'aime, toi et toi seule.

Une larme déborde de ses sublimes yeux et je ne peux m'empêcher de venir l'effacer avec mon pouce. Sa peau contre la mienne a toujours le même effet malgré les années qui passent.

Avec Ambre ça a toujours été fusionnel, passionnel alors qu'avec Charlotte, c'est délicat, tendre, aimant.

J'ai pensé à faire ma vie avec Ambre, elle était tellement désireuse de me plaire, que ça m'a attendri. Mais en m'éloignant d'elle, j'ai compris que ce n'était bon ni pour elle ni pour moi. Elle me considérait comme son sauveur, comme un Dieu que je ne suis pas.

Je n'aurais jamais dû m'accrocher autant, lui rendre visite chaque jour, mais la voir seule, m'a déchiré le cœur. Je ne nie pas que je l'ai profondément aimé, sauf que c'était très différent de ce que je vis maintenant. Charlotte est mon âme sœur. Et je ferai tout pour sauvegarder notre relation.

— Ne pleure pas, je t'en supplie. Je m'en veux tellement de ne pas avoir fait plus attention... Tu sais bien que tu es la seule à qui mon cœur appartient.

Elle renifle, ferme son livre et le pose à côté d'elle.

Ses yeux sont rouges et ça me fait mal au cœur. Je n'aurais jamais dû la tromper, je le sais, mais j'apprends de mes erreurs. À partir de maintenant, il n'y aura plus qu'elle. J'ai enfin compris où se trouvait ma place.

J'attrape son visage entre mes mains pour lui faire relever la tête, j'ai besoin qu'elle me regarde dans les yeux.

— Je t'aime Charlotte, tu es ma femme et la mère de nos futurs enfants, tu es plus importante que quiconque.

Je sens que sa volonté faiblit. Encore un peu et cette histoire sera oubliée. Ambre a failli réussir son coup, je ne me suis pas assez méfié d'elle.

Je me rapproche de Charlotte et pose délicatement mes lèvres sur les siennes. Elle ne me repousse pas alors je passe ma langue dans sa bouche. Elle vient à ma rencontre, oubliant sa colère à mon égard.

Mes mains descendent le long de son corps jusqu'à sa taille que j'agrippe pour la rapprocher de moi. Elle pousse un petit gémissement alors que mes doigts se faufilent dans son décolleté.

— Tu es fabuleuse, soufflé-je en me reculant légèrement.

Alors que ses yeux ne quittent pas les miens, je me relève en l'attirant contre moi.

Je n'ai même pas à insister pour qu'elle me suive jusqu'à notre chambre et que je lui donne tout le plaisir dont je suis capable. Elle ne résiste pas longtemps à mon corps nu devant elle.

Je m'allonge pour la prendre dans mes bras une fois que nos corps se détendent et caresse distraitement son ventre rebondi. J'ai hâte que ce petit ange sorte de là et vienne illuminer nos vies. C'est le plus beau cadeau de ma vie. Ce n'était pas du tout prévu, mais je suis heureux et fier de devenir père.

Alors que le sommeil m'emporte, une sonnerie stridente met fin au silence de la pièce. Je souffle, je n'ai aucune envie d'y répondre, j'aimerais faire comme si je n'avais rien entendu. Je suis bien dans ce lit avec ma femme et n'ai aucune envie de devoir courir au centre.

Malgré tout, je lâche Charlotte pour aller récupérer mon téléphone. Je ferme la porte derrière moi en rappelant le numéro.

— Allo !

— Que se passe-t-il ? demandé-je peu amère.

— On a un gros souci, il faut que vous veniez tout de suite ! On a dû transférer Ambre, elle a fait une tentative de suicide.

J'ai du mal à y croire, elle m'en voulait c'est sûr, mais de là à vouloir mourir...

Ça me ramène à une époque lointaine. Plusieurs fois je l'ai trouvée en sang sur le sol avec des coupures un peu partout sur son corps. J'ai tout tenté pour qu'elle arrête de se mutiler et je pensais que ça lui était passé. Rien n'y fait référence récemment dans son dossier. Les années passent, mais rien ne change et mon cœur se serre. Il faut que je la rejoigne, je n'ai pas d'autres choix.

— J'a… J'arrive, bafouillé-je avant de raccrocher.

Je pose une main tremblante sur mon visage. J'aimerais la détester, me détacher une bonne fois pour toutes d'elle, mais c'est impossible.

Je ne prends même pas le temps de faire un brin de toilette, je dois la voir. J'enfile un jean et un sweat, attrape une feuille de papier et écris un mot rapide pour Charlotte avant de prendre la route.

Chapitre 18

Jared

Elle est folle, Ambre est complètement tarée. Elle m'a sauté dessus telle une lionne en furie.

D'accord, je l'ai cherché, je ne supportais pas son air indifférent, je devais la faire réagir. Bien sûr, j'y suis allé trop fort, je ne sais pas vraiment me mesurer, mais je ne pensais pas qu'elle deviendrait agressive. Je dois avouer que la voir me balancer de la vaisselle dans la tête était assez excitant. J'en avais marre qu'elle se contienne. Je préfère qu'on me hurle dessus, plutôt qu'on m'ignore.

Je suis conscient qu'elle doit me détester après ce que je lui ai fait. Je ne pouvais pas la prévenir, ça n'aurait pas eu le même effet et je ne suis pas certain qu'elle se serait donnée à moi dans ces conditions.

Au fond de moi, je sais que je ne suis qu'un sombre idiot, que j'aurais dû trouver autre chose pour l'éloigner de Maxime, mais l'occasion était trop belle.

Je me baisse pour ramasser des débris de verre qui jonchent le sol. C'est en partie de ma faute alors j'aide à remettre la salle en ordre.

Je ne suis pas du genre à croire aux prémonitions, pourtant, c'est comme si quelqu'un me chuchotait d'aller retrouver Ambre. J'ai du mal à me comprendre, pourtant, je me dépêche de ramasser le plus gros malgré les remontrances des soignants qui ne veulent pas que je me blesse.

Les patients sont regroupés dans un coin, le temps que le ménage soit fait, mais je ne peux plus rester ici. Je dois m'expliquer avec Ambre, lui faire comprendre mon geste. Je ne sais pas pourquoi, mais j'ai besoin de me justifier. Je n'ai pas envie qu'elle s'éloigne, qu'elle me raye de sa vie. Ce sera compliqué vu que nous sommes enfermés dans le même endroit, mais elle pourrait décider de ne plus m'adresser la parole, de ne plus s'asseoir à mes côtés... Pourquoi tout ça a-t-il une quelconque importance ? Quand est-elle devenue nécessaire à mon quotidien ?

Je me frotte le visage, je dois arrêter ces conneries. Il est finalement préférable qu'elle reste loin de moi. Je ne sais pas pour combien de temps elle est internée, et moi... Bientôt, je sortirai. Je ne dois pas m'attacher alors que nous ne nous reverrons plus. Je ne compte pas revenir... Jamais.

Une fois que je passerai définitivement la porte de cet établissement, j'en aurai terminé avec ce pan de ma vie. Je laisserai tout derrière moi pour mon tour du monde. C'est la seule chose qui compte.

Malgré mes pensées contradictoires, je me retrouve dans le couloir des chambres, devant la porte de celle d'Ambre.

L'ont-ils enfermée ? S'il faut, je ne pourrais même pas la voir. Je pourrais toujours lui parler à travers la cloison, elle n'aurait pas d'autres choix que de m'écouter. Je dois au moins m'excuser. J'ai été stupide. Je n'ai pas pensé que ça la toucherait autant. Nous nous connaissons à peine et je pensais qu'elle était encore amoureuse de Maxime, même s'il a profité d'elle. Me serais-je trompé ? Est-ce que je compte pour elle ?

Je secoue la tête, je dois arrêter de me poser des questions et plutôt le lui demander directement.

J'attrape la poignée et suis surpris que la porte s'ouvre. Avant d'entrer, je tape fermement sur le battant, mais aucune réponse ne me parvient.

Je pousse doucement le battant, la lumière est éteinte et la lucarne ne laisse passer que peu de lumière.

— Ambre ? soufflé-je au cas où celle-ci dormirait.

J'avance dans la chambre alors que mes yeux s'adaptent au fur et à mesure à l'obscurité. Personne ne répond alors je décide d'allumer et lorsque je me retourne, mon sang quitte mon corps.

Une marre rouge entoure le corps d'Ambre qui se trouve au sol. Elle est nue et porte un nombre impressionnant de coupures. Je me précipite sur elle alors que mon cœur se met à pulser si fort qu'il me fait mal.

Je cherche aussitôt son pouls, comment a-t-elle pu faire ça ?

Je suis un peu rassuré lorsque je sens un faible battement sous mes doigts. Je ne peux pas arrêter toutes ces petites hémorragies, il y en a trop, je vais devoir appeler du monde, mais je n'ai aucune envie de la laisser seule. Rebeca ne doit pas être loin, je l'ai vue quitter la salle, peu de temps avant moi, pour faire une ronde dans les couloirs, mais je ne l'ai pas croisée. Elle a déjà dû retourner en salle commune. Malgré tout, je tente de crier au cas où quelqu'un se manifesterait et appuie sur le bouton d'urgence situé près de l'entrée.

Je parcours le corps d'Ambre jusqu'à tomber sur sa main ensanglantée où se trouve un bout de verre. Ça doit être avec ça qu'elle a dû s'entailler. Il y en avait plein dans la salle après son esclandre, elle a dû le récupérer à un moment sans que personne n'y prête attention.

Je la secoue pour tenter de la réveiller, la voir aussi pâle et inconsciente, me terrorise. Je me sens si mal, si responsable de son état. Je ne connais pas sa raison, mais j'ai peur d'y être pour quelque chose dans sa décision d'en finir et je ne peux le supporter.

Jamais je n'aurais pensé que ça aille aussi loin.

Je hurle encore une fois jusqu'à voir débarquer Rebeca, essoufflée qui détaille la situation avant d'ouvrir de grands yeux en voyant tout le sang qui nous entoure.

— Il faut un médecin, vite, elle est faible.

Rebeca attrape aussitôt son téléphone pour que des infirmiers amènent un brancard afin de la transporter jusqu'au service des urgences qui se trouve dans le bâtiment d'en face.

Je n'écoute plus la conversation lorsque ses doigts que j'ai accrochés aux miens bougent légèrement. C'est comme si mon cœur battait à nouveau.

Je me penche aussitôt sur elle, ses yeux sont toujours fermés et j'ai l'impression de la sentir partir. Son souffle s'affaiblit, je commence à m'agiter. Il est hors de question qu'elle me lâche comme ça ! Elle doit vivre, combattre ses démons et s'en sortir. Elle doit avoir une belle vie loin d'ici, loin de Maxime et loin de moi. Elle doit trouver un homme qui l'aime, qui la considère comme une reine. Je refuse de la laisser s'échapper aussi facilement.

Soudain, son pouls devient inexistant et toutes ces années d'infirmiers me reviennent en pleine tête. Je l'allonge sur le dos, pose mes mains sur elle et commence un massage cardiaque. Rebeca réalise la situation et tente de prendre le relais sauf que je refuse de la lâcher. Elle mérite qu'on se batte pour elle, et à cet instant, c'est ce que je fais. Elle doit vivre à tout prix.

Je m'active pendant de longues minutes avant qu'un médecin débarque et qu'on la prenne en charge en me poussant du milieu.

Je les laisse faire car je sais que je ne peux pas la sauver seul. Je m'appuie contre le mur, déboussolé. Toutes les émotions qui me traversent sont trop intenses.

Rebeca s'approche de moi, sans trop savoir comment me parler. Nous nous connaissons depuis longtemps, mais n'avons jamais été très proches. Elle aime être le centre d'attention des hommes, ce qu'elle n'a jamais été pour moi. Elle est charmante je ne peux pas le nier, mais elle n'est pas mon genre. Je préfère les femmes plus naturelles.

— Jared, il faut sortir d'ici. Tu dois rejoindre ta chambre, il va falloir nous expliquer ce qu'il s'est passé.

Je me redresse, qu'insinue-t-elle ?

— Parce que tu crois que c'est moi qui lui ai mis le verre dans la main ?

— Je n'en sais rien... Tu as insisté pour aider à ramasser la casse...

J'ouvre de grands yeux, elle pense réellement que j'ai pu lui faire ça ? J'hallucine !

Je prends une profonde inspiration, j'ai envie de tout fracasser, mais ça ne serait que lui donner raison.

Je la dépasse pour aller dans ma chambre. Je dois me laver, je suis plein de sang.

Je claque la porte derrière moi et m'avance vers la salle de bain. Je me déshabille et prends une longue douche pour tenter de me débarrasser de cette image qui refuse de me quitter. Ambre et toutes ses plaies... Ce sang qui coule sans que je ne puisse l'arrêter...

J'attrape une serviette pour me sécher et enfile une nouvelle tenue.

Lorsque je retourne près de mon lit, je suis surpris d'y trouver Elias, assis dessus.

Il me détaille avant de fixer le tas de vêtements rouges qui jonche le sol.

— Elle va s'en sortir... Grâce à toi, elle va vivre.

Un poids s'efface de mes épaules, j'ai eu tellement peur. Je suis soulagé, même si elle va être constamment surveillée après ça. Maxime ne la laissera plus seule et son temps d'internement risque d'être encore plus conséquent.

— Tu dois me dire ce qu'il s'est passé...

— Je l'ai trouvée comme ça. Elle avait ce morceau de verre dans les mains et elle trempait dans une mare de sang. Elle ne respirait plus... J'ai essayé de la sauver.

Il continue de me fixer alors que je me revois au-dessus d'elle, tentant de la faire respirer à nouveau.

— Maxime est avec elle.

Cette nouvelle est loin de me plaire, mais je m'en doutais. Il fallait qu'il accoure tel un preux chevalier. Et ma sœur qui ne se doute pas de ce que son mari fait dans son dos... J'ai eu beau la prévenir, rien n'y a fait. Il était mon ami, mais je savais que c'était un coureur et j'avais des doutes en sa capacité d'être fidèle. C'est une des raisons pour lesquelles je ne voulais pas qu'il s'approche de ma sœur. Je ne me suis pas trompé !

— Rebeca m'a dit qu'en arrivant, tu étais sur Ambre...

Il ne va pas, lui aussi, faire ce genre de sous-entendus ! Où suis-je tombé ? Mon agacement monte en moi et n'est plus très loin du débordement.

— Tu crois que c'est moi qui lui ai fait ça ? Que j'aurais pu la taillader de cette manière ? Sérieusement !

— Je n'ai pas dit ça Jared, mais je dois te le demander. Tu étais dans sa chambre, seul avec elle.

— J'ai essayé de lui sauver la vie putain ! me mets-je à crier.

C'est trop, ses accusations sans fondements me font enrager. Parce que je suis interné, je passe pour un fou capable de faire du mal à une femme. Une de celles qui vous mettent des doutes plein la tête et qui vous hantent à chaque minute qui passe. Je ne pourrai jamais m'en prendre à elle physiquement, c'est inconcevable.

Je m'assieds sur mon lit, ne sachant plus quoi lui dire. Si même mon ami doute de moi, que puis-je faire ?

Elias souffle un grand coup avant de poser une main sur mon épaule.

— OK, je te crois. Il ne faut simplement pas que Rebeca aille raconter ça partout. Maxime t'a déjà à l'œil, il ne lui faudrait pas grand-chose pour qu'il refuse tes sorties.

Sauf que pour ça, j'ai un plan. Il sera impossible pour lui de faire quoi que ce soit après ça. J'ai plus de ressources qu'il ne le pense…

— Il faut que je passe un coup de fil, soufflé-je.

Elias hoche la tête en se levant.

— D'accord, on y va.

Je le suis dans le couloir jusqu'au téléphone commun. Je n'ai pas la tête à ça, mais plus vite je m'en occuperai, plus vite, je serai protégé. Mon esprit est accaparé par Ambre, sauf que la situation ne me permet pas de m'apitoyer trop longtemps.

Je compose le numéro de téléphone que je connais par cœur et attends. Je sais que l'heure est tardive et ne suis pas sûr d'obtenir une réponse, mais je prends le risque.

— Allo ! me répond une voix endormie.

— Charlotte, c'est Jared...

Un silence me répond, mais je ne lui laisse pas s'éterniser, j'ai des choses à dire. Je l'évite depuis des mois, il est temps de renouer notre lien. Maxime pensait peut-être que je finirais par les laisser tranquilles, sauf que c'est ma sœur, mon sang et il est hors de question qu'elle continue dans cette relation. Même si je lui en veux terriblement, maintenant que je peux sortir, les choses vont changer ! Il faut également que je m'assure de sa sécurité. Je ne sais pas vraiment de quoi Maxime est capable et ne veux prendre aucun risque pour elle et son futur enfant.

Chapitre 19

Ambre

Cinq ans plus tôt.

Maxime me fixe intensément. Ses yeux verts se reflètent dans les miens. Je n'en reviens pas, il y a une semaine, ça a fait trois ans qu'il m'a retrouvée dans cette ruelle… C'est si loin à présent.

Le changement est assez impressionnant. Aujourd'hui, j'ai une vie calme avec un homme que j'aime par-dessus tout. Il m'a aidée à me reconstruire, m'a sortie de la drogue et m'a donné un cadre strict qui me permet de reprendre une vie normale.

Je lui en serai éternellement reconnaissante. Évidemment, tout n'a pas été rose pendant ces années, j'ai eu plusieurs phases de dépression qui m'ont conduite à faire des choses que je regrette, et qui ne s'effaceront malheureusement jamais. Mais aujourd'hui, tout va bien.

Je passe un doigt sur son torse que je connais par cœur à présent. Il est si beau, si tendre… Je descends sur son cœur qui m'appartient, il me l'a juré. Nous sommes des âmes sœurs, des amants que rien ni personne ne peut séparer.

Ma main se faufile sous le drap qui recouvre le bas de son corps et attrape son sexe. Je le caresse lentement, le faisant se dresser pour moi.

— Tu me rends fou Ambre.

Tout en continuant à m'activer de la main, je glisse jusqu'à ce que ma bouche se pose sur son ventre ferme. Je le lèche longuement à la lisière de son membre jusqu'à ce que mes lèvres viennent entourer son gland. Un long sifflement lui échappe alors que je le prends le plus profondément possible. Je suis maîtresse de la situation, c'est moi qui décide de son plaisir et c'est une sensation assez fabuleuse. J'étais loin d'être habituée à ça. Prendre le pouvoir pendant une relation intime était à des années-lumière de ce que je connaissais. J'ai mis du temps à m'y faire et à oser, mais il m'a beaucoup aidée.

Mes va-et-vient commencent à le faire haleter, je le suce de plus en plus vite lorsque soudain, il m'attrape sous les bras et me force à me mettre à califourchon sur lui. Il me pénètre brutalement en s'emparant de ma bouche. Sa langue tournoie alors que ses coups de reins font fourmiller mon corps. J'aime tellement l'avoir ancré en moi, possessif. Il est brutal, intense et ne met pas longtemps à me faire jouir violemment. Mon cœur s'emballe tandis que mon orgasme me fait hurler. Mes membres ne m'obéissent plus alors que je suis vidée de mes forces, devenant une poupée de chiffon. Maxime se déverse en moi avant de caresser mon dos tendrement.

Nos respirations sont haletantes et mettent de longues minutes à s'apaiser. Vais-je un jour me lasser de lui ? Je me suis souvent demandée si ce n'était pas uniquement parce qu'il m'avait sauvée.

Si une fois en sécurité, je n'allais pas réaliser que je l'avais idéalisé. Sauf qu'il reste parfait, même trois ans plus tard.

Nous finissons par nous lever. Maxime a une réunion à son travail et doit me laisser pour la soirée. Je n'en ai aucune envie, mais je dois prendre sur moi. Je peux bien le partager quelques heures… D'autant que j'ai quelque chose de très important à faire. Au fond de moi, je sais ce qui se trame, mais j'ai besoin d'une confirmation.

— Ne m'attend pas pour dormir mon soleil.

Je ne pense pas pouvoir m'endormir sans lui. J'ai besoin de sa présence, de son odeur, de sa chaleur. Il me rassure et apaise mes insomnies et mes cauchemars.

Il se presse déjà dans la douche en se lavant soigneusement, Je prépare son costume sur le lit avant d'aller me chercher un verre d'eau. Nous vivons dans un petit appartement très cosy. Il appartient à Maxime, mais depuis quelques mois, je lui verse une petite somme pour payer une part du loyer. Je suis très fière de ne plus devoir totalement dépendre de lui.

Dans le centre où j'ai fait ma cure de désintoxication, on m'a proposé de m'occuper de l'accueil quelques heures par semaine. J'ai tout de suite sauté sur l'occasion, c'était totalement inattendu, mais tellement bénéfique pour moi. J'avais besoin de penser à autre chose, d'avoir une activité qui pouvait m'occuper l'esprit.

J'entends l'eau qui s'arrête et me dépêche de prendre la place de mon homme.

À peine franchis-je la porte que je peux admirer Maxime nu. Il est beau, il n'y a pas d'autre mot. Son corps athlétique ne peut que donner envie. Je souris en le voyant enfiler ses vêtements, j'aimerais les lui arracher, il devrait se balader sans, ça serait beaucoup mieux.

Une fois qu'il enfile sa veste et qu'il est prêt, il capte mon regard envieux et ne peut s'empêcher d'éclater de rire.

— Tu as de la chance, il faut que je sorte, sinon je te prendrais encore.

Mon corps réagit au quart de tour à ses paroles, j'aimerais tellement me trouver à nouveau dans ses bras... Mais il s'approche de moi, dépose un baiser rapide sur mes lèvres avant d'attraper ses affaires et de rejoindre l'entrée.

— Je fais au plus vite, me souffle-t-il.

— Je t'aime.

Il m'envoie un baiser de la main et sort.

J'ai tellement de chance... Il est la personne qu'il me fallait, celui qui me redonne goût à la vie.

Je rejoins la salle de bain pour me laver et file jusqu'à la pharmacie la plus proche. J'ai toute la soirée, mais je suis excitée d'avoir une réponse, d'être certaine que mon instinct ne se trompe pas.

Cinq minutes. C'est à la fois rapide et interminable. Selon les situations, on a l'impression que ça varie, c'est assez étrange.

J'ai les yeux fixés sur ce petit bâton et sur ma montre sauf que c'est bien plus rapide qu'annoncé et deux petites barres se dévoilent sous mes prunelles. J'écarquille les yeux alors qu'une larme dévale ma joue. C'est réel, je ne me faisais pas de films ! Je prends la pilule pourtant, nous avons fait tous les tests nécessaires et Maxime a très vite voulu se passer de protection. La sensation est bien mieux, je l'avoue, mais je n'avais pas pensé que je pouvais tomber enceinte en prenant un contraceptif.

J'attrape le bâton et le serre fort dans ma main, mes yeux sont rivés dessus, j'ai du mal à y croire. Mon cœur tambourine dans ma cage thoracique alors qu'une joie explose en moi. Je vais avoir un bébé avec l'homme de ma vie ! C'est la plus belle nouvelle que je pouvais avoir. J'ai peur car je ne sais pas comment m'en occuper ni comment l'éduquer, mais je sais que j'aurais un homme parfait à mes côtés. L'amour surpasse tout.

Je vais m'asseoir sur mon lit et cherche la meilleure manière pour l'annoncer à Maxime. Nous n'avons jamais parlé de cette éventualité, bien que je sois sûre qu'il ne me laissera pas tomber après tout ce que nous avons déjà vécu. Nous avons fait le plus difficile.

Je fouille dans son armoire pour attraper un de ses tee-shirts et me pelotonne dans le lit qui sent l'odeur de mon amour.

Est-ce que je dois simplement lui dire ? Acheter un petit cadeau, du genre des chaussons ou une tétine pour qu'il le comprenne de lui-même ? Ou alors lui écrire une lettre lui disant tous mes sentiments à son égard et que le fruit de notre amour arrivera d'ici quelques mois ?

Je n'ai pas vraiment d'ami à qui me confier et à qui je pourrais demander ce genre de choses, avoir des conseils... J'ai dû mal à faire confiance aux autres et du coup je ne me livre pas, je n'ai que Maxime.

Alors que je suis toujours dans mes réflexions, je sens que la fatigue m'emporte. Nous avons fait l'amour à de nombreuses reprises et mon corps a besoin de reprendre des forces. Je m'allonge à sa place en mettant le nez dans son coussin qui porte son parfum. C'est rassurant et sécurisant.

Je ferme les yeux et ne mets que quelques secondes à sombrer dans un profond sommeil.

Je me réveille en sursaut et suis surprise de voir la lumière du jour filtrer à travers la fenêtre. Je me tourne pour voir Maxime, sauf qu'il n'y a personne et que la place est froide.

Je me frotte le visage avant de me lever. Ma tête tourne un peu alors qu'une nausée monte dans ma gorge. Je prends quelques secondes pour me lever.

— Maxime ? appelé-je.

Il est peut-être dans le salon et n'a pas osé me réveiller…

J'avance dans la pièce attenante sauf qu'il n'y a personne. Il est sûrement parti travailler plus tôt que prévu…

Je rejoins la salle de bain, passe un peu d'eau sur mon visage et en me tournant pour prendre une serviette, je m'arrête net.

Sur l'étagère, la place qui est réservée à Maxime est vide ! Il n'y a plus rien. Une angoisse jaillit dans mes veines et je me rue dans la chambre pour ouvrir l'armoire. Mon cœur s'emballe alors que ma tension grimpe d'un coup. Il n'y a quasiment plus de vêtements. Comment est-ce possible ? Que s'est-il passé ? Quelqu'un est-il entré alors que je dormais et a cambriolé la maison ? Je ne comprends rien !

J'attrape mon téléphone et appelle tout de suite Maxime. Il faut qu'il rentre, je commence à avoir peur ! Je me dirige vers la porte d'entrée et teste la poignée qui me résiste, elle est fermée à clé.

Le répondeur s'enclenche et je peste, je veux l'entendre !

— Maxime, rappelle-moi, tu as eu un souci ? Tu as dû partir en déplacement ? J'ai besoin de savoir, je m'inquiète. Je t'aime mon amour.

Je raccroche et fais le tour de l'appartement pour essayer de comprendre.

Il manque certaines de ses affaires, quelque chose me dit que ce qu'il s'est passé est grave. Soudain, ce que j'imagine me serre l'estomac. A-t-il vu le test de grossesse et a-t-il décidé de me quitter ? Un sanglot m'échappe, non ! Il ne me ferait jamais ça, ce n'est pas son genre !

Mes yeux tombent sur la table basse du salon où se trouve une enveloppe avec mon nom. Mon souffle se coupe et je tombe assise sur le canapé. Je n'ose pas approcher ma main de peur que la lettre qui j'imagine se trouver à l'intérieur, me brûle. Quand a-t-il laissé ça ? Pourquoi ne pas m'avoir réveillée pour me dire les choses en face ? M'a-t-il quittée ?

Mes larmes dévalent mes joues, c'est ça ! Il a dû partir… J'ai toujours su que je n'étais pas à la hauteur, que je ne le méritais pas sauf que je ne peux pas vivre sans lui ! Il est mon univers, l'air qui remplit mes poumons, sans cet homme, je suis morte !

Après des minutes interminables, je décide enfin de décacheter l'enveloppe.

« Ambre, je sais que j'aurais mieux fait de te le dire de vive voix, sauf que je n'en ai pas le courage. Toi et moi, ce fut la plus belle aventure que j'ai jamais vécue, sauf qu'elle doit prendre fin.

On m'a proposé quelque chose que je n'ai pas pu refuser. Je suis lâche, mais jamais je ne t'aurais laissé si tu avais été en face de moi. Faire mes valises et écrire cette lettre alors que tu te trouves là, endormie est un supplice.

Ne doute jamais de mon amour pour toi, tu es unique et tu mérites de vivre des choses que je ne me sens pas capable de vivre à l'heure actuelle.

J'ai fait une petite liste des objectifs que tu dois suivre. Je veux ton bonheur et je sais que pour l'instant, il est sans moi.

Si le destin nous réunit un jour, ça voudra dire que j'avais tort et que nous sommes faits l'un pour l'autre. Je quitterai tout pour toi et tu seras ma priorité pour que nous vivions la plus belle des histoires d'amour.

Je t'aime de tout mon cœur.

Maxime. »

S'ensuit une liste de recommandations, mais je suis incapable de la lire tellement mon visage est ravagé par les larmes. Tout est flou. Il me quitte, il m'abandonne ! J'attends son enfant, un petit être, mélange de lui et de moi…

Une douleur que je n'ai encore jamais connue s'infuse dans tout mon corps, c'est insupportable !

Je me dirige vers la fenêtre, il me faut de l'air, je n'arrive plus à respirer. Je l'ouvre en grand et le froid m'assaille. Je ne peux pas vivre sans lui, c'est impensable, et encore moins élever un enfant seule. Je hurle alors que les passants lèvent la tête. Sans vraiment réfléchir, je m'avance dans l'encadrement. Je me mets à griffer ma poitrine, je veux arracher ce cœur qui bat pour lui, qui le réclame et qui pourtant devra se débrouiller sans lui. Peut-on vraiment vivre sans la personne qui nous donne un but, la seule qui fasse que mon passé soit acceptable. J'ai réussi à me sortir de l'horreur, mais à quoi ça a servi ? Je suis en train d'y retourner. On m'a offert une parenthèse de bonheur pour me montrer ce dont je n'aurai plus jamais droit.

Je prends de grandes bouffées d'air alors que mes jambes continuent d'avancer jusqu'à me retrouver plaqué contre la balustrade.

Maxime ne veut plus de moi, c'est définitif. Comment puis-je survivre à ça ? Pourquoi me battrais-je alors que je suis seule ? Plus rien ne me retient sur terre.

Je passe une jambe en dehors de la rambarde lorsqu'un cri en bas de la rue me dit d'arrêter. Je n'ai aucune envie de les écouter, personne ne me connaît, ni ne sait ce que j'endure. Je passe une deuxième jambe en me tenant de mes mains. Nous ne sommes pas très hauts, mais le sol m'appelle. C'est comme si une voix me susurrait de me lâcher. Après tout, à qui manquerai-je ?

La réponse est une telle évidence que mes mains se décrochent d'elle-même. Je ne crie pas, je me laisse aller à la renverse, la fin est proche et avec elle, la plénitude.

Je sens la douleur qui se fracasse dans mon corps lorsque je percute le sol, mais tout de suite l'obscurité m'engloutit et m'offre un semblant de répits.

De nos jours.

Je cligne des yeux alors qu'un bruit incessant me réveille. Je tourne la tête alors que tout se rappelle à moi. Les ciseaux et le sang tout autour de moi. Les plaies que je me suis infligées se manifestent aussi, me faisant souffrir. Je gémis lorsqu'une main attrape la mienne.

— Ambre…, chuchote cette voix que jamais je n'oublierai, mais qui aujourd'hui me fait mal plus que n'importe quelle blessure.

Je retire vivement mes doigts pour les poser sur mon ventre. Cet homme est la cause de toutes mes souffrances, je ne sais même pas comment j'ai cru un instant qu'il pensait ses mots. Je l'ai retrouvé, nous sommes réunis et pourtant, il en préfère une autre.

— Je me suis tellement inquiété pour toi, je ne veux pas te perdre.

Ma tête bourdonne, je ne me sens pas très bien, je veux qu'il parte, c'est tout ce que je souhaite. Il m'a brisée, détruite et je commence à regretter d'être venue jusqu'ici pour être auprès de lui. Il m'a sauvée et je pensais qu'il en ferait encore de même, mais je me leurre et j'en prends seulement conscience. Son contact sur ma main était désagréable, me prouvant que pour moi, c'est terminé.

— Je vais prévenir les médecins que tu es réveillée, souffle Maxime, résigné.

Il ne m'aura plus, il a épuisé son quota de pardon. Je suis longue à comprendre, mais une fois que c'est fait, plus rien ne me fera changer d'avis. Il a fait de ma vie un enfer, je ferai tout pour qu'il y goûte à son tour.

Chapitre 20

Jared

— Allo !

La voix de Charlotte fait remonter en moi toute la haine qui ne cesse de couler dans mes veines, mais je me contiens.

— C'est Jared.

Un silence pesant se fait avant qu'un sanglot ne lui échappe. Je n'ai pas envie de la faire pleurer, mais tant pis, je fais ce que je dois faire, peu importe les conséquences.

— Que se passe-t-il ? demande-t-elle en reniflant.

— J'ai changé d'avis. Je vais venir chez toi, comme tu me l'as proposé. Tu as raison, il faut que nous discutions. J'ai beaucoup de choses à te dire, il est temps.

Bientôt, je m'en irai loin d'ici et loin d'elle. Ça me fend le cœur de ne pas pouvoir profiter de ma nièce, sauf que je n'ai pas d'autres choix. J'ai promis à mon père de réaliser mon rêve, même s'il ne devait jamais le voir et je compte bien tenir parole.

— D'accord, souffle-t-elle surprise. Quand tu veux.

— C'est ton mari qui est en charge des sorties, il faudra voir avec lui, ne puis-je m'empêcher de répondre.

Il veut me garder enfermé, grand bien lui fasse. Que va-t-il trouver comme excuse devant sa chère femme ? J'ai hâte de le découvrir. Je jubile, se confrontera-t-il à Charlotte ? J'en doute, d'autant qu'elle attend ce moment depuis bien longtemps.

— Merci Jared.

Mon cœur se serre de l'entendre me dire ça. Je joue avec tout le monde en ce moment et j'ai peur de m'y perdre. Le jeu en vaut-il la chandelle ?

Je sais que je ne suis pas le seul fautif, je ne me fais pas d'illusion, mais Ambre s'est fait du mal, en partie parce que j'ai profité d'elle et j'ai du mal à le supporter. Ma sœur est plus équilibrée et ne risque pas de mettre sa vie en danger, mais elle est enceinte, je n'ai pas envie d'être à l'origine d'un nouveau drame.

Entendre son souffle dans le combiné est trop pour moi, alors je raccroche. Je pose une main sur mon front et prends plusieurs inspirations. Maintenant que la machine est en route, pourquoi m'arrêterais-je ?

Je retourne dans ma chambre, il est tard et je sais qu'Elias m'attend dans le couloir.

Je passe devant lui, sauf qu'il attrape mon bras pour me stopper.

— À quoi joues-tu Jared ?

Je préfère ne pas lui répondre et me dégage de sa poigne pour continuer ma route, il n'a pas à être mêlé à cette histoire. Je sais qu'il cherche toujours à comprendre, à se mettre à la place du patient, mais cette fois-ci, c'est trop compliqué.

— Tu ne veux pas parler ? Très bien, alors je vais le faire à ta place. Ta sœur t'aime ! Elle a essayé de faire au mieux. Je peux la comprendre...

Je m'arrête net pour le pousser contre le mur. Il ne sait rien ! Ce n'est pas lui qui est cloîtré ici, incapable de sortir dans la rue sans en faire une montagne parce qu'on l'a enfermé pendant des mois. Je me sens comme un gamin peureux et c'est très déplaisant.

— Ce n'est pas parce qu'on est ami que tu as le droit de tout te permettre. Ne fais pas comme si tu savais ce que je ressens !

Je me recule et reprends ma route sans un regard en arrière.

Une fois devant ma chambre, je claque la porte et m'allonge sur mon lit, mon regard tourné vers la fenêtre.

Ambre ne cesse de s'imposer dans mon esprit. Je revois encore son corps sans vie entre mes bras... Tout son sang qui se déverse sur le sol, me rappelle des choses que je veux oublier. Au fond, nous nous ressemblons plus que je ne le pensais. Pourquoi a-t-il fallu qu'elle atterrisse ici ? Pourquoi son regard émeraude et ses cheveux bruns m'attirent-ils à ce point ? Elle a une fragilité dans laquelle je me reconnais un peu.

Son acte était désespéré et inutile. Elle se retrouve à l'hôpital et va devoir revenir dans cette prison. Ce n'est pas ici qu'il faut faire ce genre de chose, l'endroit est trop sécurisé.

Je me lève pour parcourir ma chambre de long en large, ces quelques mètres carrés que je connais par cœur.

Quand je repense à ma première entrée ici, tout ce qui s'est passé dans ma vie pour que j'y arrive, me percute.

La mort de mon père qui a été le début de la fin, le sang qui m'appelait de plus en plus au fur et à mesure des jours qui passaient. Sauf que ma dérive a continué d'empirer à l'instant où je suis entré dans ce bar. J'aurais dû être plus fort et savoir que ça n'arrangerait rien, sauf que j'ai franchi la porte avec une idée bien précise en tête.

Je me souviens de cette soirée alors que celles qui ont suivi ont disparu de ma mémoire.

Je me suis installé au comptoir et j'ai commandé un premier verre. La joie se dispersait, les gens dansaient, s'amusaient alors que je voulais disparaître.

Certains sont passés autour de moi, ont essayé de discuter, d'attirer mon attention, mais j'étais trop concentré sur ma tâche pour faire attention au monde qui m'entourait. J'ai enchaîné les verres sans les compter. La chaleur a eu du mal à entrer dans mon corps, mais au fur et à mesure, une euphorie m'a gagné. J'étais le maître du monde, toutes mes pensées se sont envolées pour ne laisser que des futilités. J'ai alors pris conscience des femmes qui m'entouraient et me suis laissé prendre à leurs jeux. J'en ai embrassé plusieurs et en ai baisé une vite fait dans les chiottes. Je n'y ai pas pris un réel plaisir, c'était fade et sans intérêt, mais j'étais totalement ailleurs, j'avais besoin de me défouler.

Pour la première fois de ma vie, j'étais bourré, mais c'était loin d'être la dernière. Ce jour a été un gros tournant dans ma vie et lui a fait prendre un chemin qui m'a conduit jusqu'ici.

Aujourd'hui, je regrette d'être entré dans ce bar, mais les regrets ne servent à rien, il est trop tard. Je croyais avoir trouvé la solution à tous mes maux, je devais absolument les faire taire, sauf que tout a dégénéré après ça.

Je me rallonge dans mon lit, je ne comprends pas pourquoi tous ces épisodes me reviennent maintenant. J'ai tout fait pour les enfermer à double tour et je ne m'en suis pas trop mal sorti, jusqu'à aujourd'hui.

Je ferme les yeux et me force à faire le vide. Je prends de longues inspirations, qui me calment et finis par m'endormir.

J'entre dans la salle commune pour le petit déjeuner alors que des chuchotements parcourent la salle. L'épisode d'hier avec Ambre est sur toutes les lèvres. Il y a très peu de tentatives de suicide ici, car c'est un endroit très surveillé. En passant devant la table qu'Ambre occupait hier, je rejoue la scène dans ma tête. Je la vois au sol, entourée de morceaux de verre, mais je n'ai pas remarqué qu'elle s'en était emparée d'un.

Je rejoins ma place habituelle à l'écart des autres. Ça ne devrait pas être le cas, pourtant, elle me manque. Sa voix qui jacasse, son odeur autour de moi… Quand est-elle devenue une routine que j'apprécie ? Cette femme me fait ressentir des choses que j'avais oubliées. Depuis que je suis enfermé, je ne sais plus ce qu'est une relation autre que physique entre un homme et une femme. Je ne parle pas aux personnes qui m'entourent, je reste à l'écart pour ne pas m'attacher. Ici, les gens vont et viennent, c'est comme ça, il faut s'y faire.

Soudain, une main se pose sur mon épaule. Je me retourne tout en me levant.

Maxime me fait face, les bras croisés. Son visage est fermé, il ne dégage rien de joyeux.

— Tu peux me suivre, s'il te plaît ?

J'ai envie de l'envoyer bouler, sauf que c'était mon plan. Tout se réalise comme je le souhaitais.

Je hoche la tête pour emprunter le couloir qui mène à son bureau.

Je m'installe tranquillement sur le siège alors que Maxime ferme la porte pour venir s'asseoir devant moi.

— Tu as appelé Charlotte.

— Et alors ? C'est interdit ?

Un tic nerveux secoue son œil alors qu'il garde le regard fixé dans le mien.

— Ne me prends pas pour un con Jared. Pourquoi veux-tu soudain la voir après tous ces mois de refus ?

— La famille reste la famille…

Il souffle avant de passer une main sur son visage.

— Évidemment... Avant d'autoriser ta sortie, j'aimerais qu'on parle de ce qu'il s'est passé avec Ambre. On m'a rapporté que tu étais présent. L'as-tu vue se faire du mal ?

— Ambre... Je n'ai pas pour habitude de passer après les autres, mais j'avoue que cette fois-ci, je ne regrette pas.

Maxime se lève soudain et s'approche de moi, les poings serrés.

— Je me retiens de te démonter la tête, parce que je risque mon poste, mais ne me cherche pas trop Jared.

— J'ai trop peur... Tu me ferais presque trembler, m'amusé-je.

S'il croit que ses menaces me font quelque chose, il se trompe.

—Tu ne vas pas continuer comme ça. Je t'ai laissé tranquille jusqu'à présent, mais c'est terminé. Au moindre écart, tu finiras en isolement.

— C'est tout ce que tu avais à me dire ?

— Étais-tu présent lorsqu'elle s'est fait ça ?

Pour qui me prend-il ? Pense-t-il réellement que je l'aurais laissé faire ? J'ai certainement beaucoup de défauts, mais pas celui de laisser quelqu'un se taillader le corps sans réagir.

— Est-ce qu'on t'a aussi rapporté que je lui ai fait un massage cardiaque ? Que j'ai tout fait pour que son cœur continue de battre ? Tu écoutes trop les rumeurs.

Maxime se recule pour se poser contre son bureau en bois.

— OK. Puisque tu veux voir Charlotte, je t'autorise à le faire aujourd'hui. J'ai l'impression de ne faire que me répéter, mais je ne suis pas contre toi Jared. Tu m'en veux, je l'ai bien compris, mais ne mêle pas Ambre à tout ça. Elle a déjà assez de choses à gérer pour en plus faire les frais de tes manigances.

Je l'ai compris sans qu'il ait à me le dire. Quand elle reviendra, je la laisserai tranquille, du moins, pour quelques jours. Je ne la pensais pas si fragile, j'ai eu tort et n'en suis pas fier. J'ai compris la leçon.

— Charlotte est en route. Dès qu'elle arrivera, tu pourras partir avec elle. Par contre, je ne te donne que deux heures. Je te laisse seul avec elle, en espérant ne pas le regretter... Je t'accompagne jusqu'à l'entrée.

Je garde un visage neutre alors que je suis fier de moi. Ne pas le regretter... Rien n'est moins sûr !

Je me lève pour le suivre et nous descendons jusqu'à ces grandes vitres qui me séparent de l'extérieur. J'ai un peu moins d'appréhension, mais ne suis tout de même pas très rassuré. J'ai l'impression d'être ridicule de penser ça, mais ce qui se trouve dehors, m'effraie. Je peux retrouver mes démons, replonger dans les excès, ce serait si simple... Je ne sais pas si je peux me faire confiance et résister à la tentation.

Une voiture se gare devant le bâtiment et c'est comme si je pouvais sentir la présence de ma sœur. Je m'avance jusqu'à ce que les portes s'ouvrent et respire l'air comme s'il était différent, avant de la voir sortir de son véhicule. J'observe les alentours, tentant de me rassurer. Je suis vraiment libre et rien ne se mettra en travers de mon chemin.

Seule une voiture est garée près du portail et à l'air d'attendre quelqu'un. C'est plus fort que moi, je suis sur mes gardes. Je sais que c'est irrationnel, mais je ne peux m'empêcher d'être anxieux par rapport au monde extérieur. Les yeux de Charlotte captent aussitôt les miens et je fais presque marche arrière. Je doute de ce que je m'apprête à faire, je vais lui faire de la peine. Toutes les vérités ne sont pas bonnes à entendre, mais j'ai besoin de déballer mon sac, que les secrets volent en éclats.

J'aurais dû lui dire tout ce que je sais bien avant, mais je me disais qu'au fond, elle le méritait. Maintenant que mon temps est compté dans le centre, je ne peux plus taire les mensonges de Maxime. Elle va me détester, mais c'est mieux ainsi.

— Jared…, souffle-t-elle heureuse.

Je profite de son sourire le temps qu'il durera. Je ne sais pas vraiment comment agir avec elle. Je ne sais tout simplement plus comment me comporter avec les étrangers ; ce qu'elle est devenue au fil du temps.

— Charlotte.

Elle avale sa salive en me souriant. Elle garde une certaine distance avec Maxime qui je le vois, n'est pas vraiment rassuré de me laisser seul avec elle et il y a de quoi…

J'avance jusqu'à sa voiture et y monte alors qu'elle en fait de même. Un malaise se fait sentir dans cet espace restreint, vivement que je puisse m'éloigner. J'ai besoin d'espace.

Le silence s'installe et je ne sais pas quoi faire pour le briser. Je me rends compte que nous n'avons rien à nous dire ni plus rien en commun. Je suis triste de ce constat.

— Nous sommes arrivés..., me lance-t-elle alors que je réalise que la voiture est arrêtée devant une belle villa.

Je reprends mes esprits et la suis jusqu'à l'intérieur. Un petit vestibule nous accueille, mais je ne m'attarde pas et la rejoins dans le salon. Mon regard est automatiquement attiré par une photo encadrée qui se trouve sur un grand buffet.

Je m'y avance malgré moi et la prends entre mes mains.

Mon père, un grand sourire aux lèvres fixe l'objectif alors que Charlotte et moi l'entourons. Cette photo ravive mes souvenirs et ma peine. Mon cœur se serre, ça fait si longtemps que je n'ai pas vu ce visage.

— Il était heureux de nous avoir auprès de lui...

Malgré moi, une larme se faufile sur ma joue. C'est tellement injuste qu'il ne soit plus là, mais en même temps, que verrait-il ? Une fille mariée à un homme infidèle et un fils interné... Quel constat pitoyable.

Je repose le cadre, ne supportant plus ce regard trop semblable au mien. Il aurait honte de nous, honte de ce que nous sommes aujourd'hui.

— Tu aimes Maxime ? demandé-je en me retournant vers Charlotte.

Elle cligne des yeux, ne comprenant sûrement pas pourquoi, une telle question.

— Bien sûr ! Je ne serais plus avec lui si ça n'était pas le cas.

Et pourtant, il n'est pas assez bien pour toi, il ne te mérite pas ! pensé-je sans oser le dire à voix haute.

Elle porte une main sur son ventre et je réalise que je ne peux pas faire ça, je ne peux pas lui dévoiler cette trahison alors qu'elle attend son enfant. Ce petit être n'a rien demandé, il ne mérite pas de vivre séparé d'un de ses parents. Je suis en colère contre eux, mais suis-je capable de faire exploser leur couple ? Je n'en suis plus si sûr.

— Peux-tu me ramener ?

Elle secoue la tête l'air désespéré, mais c'est pour son bien.

— Tu ne veux pas boire quelque chose ? J'ai fait un gâteau...

— Non, je veux rentrer.

Je la blesse, mais c'est bien moindre que ce que je m'apprêtais à lui révéler.

Elle tente de me convaincre, mais je ne lâche rien et Charlotte finit par capituler.

Le retour est tout aussi désagréable que l'allée, mais je fais ça par amour. J'aime ma sœur et je ne veux que son bien. Maxime ne la mérite pas, pourtant c'est lui qu'elle a choisi. Que puis-je faire contre ça ?

À peine s'est-elle arrêtée, que je m'enfuis presque en courant de sa voiture, jusqu'à ma prison.

Un infirmier ouvre la porte, je me précipite jusqu'au bureau de Maxime.

J'entre sans toquer et m'avance jusqu'à lui. J'attrape sa blouse à deux mains pour le relever.

— Si tu trompes encore une fois ma sœur, je te défonce la gueule. C'est la dernière fois que je te le dis. Plus jamais tu ne la prendras pour une conne. Tu t'es marié avec elle et lui as fait un gosse, maintenant, tu vas assumer ! Dans peu de temps, je serai dehors et n'hésiterai pas à te rendre visite. Tu étais mon ami, mais aujourd'hui, tu n'es plus rien.

Il essaie de dégager mes mains sans grand succès. Il a intérêt de comprendre le message, parce qu'au moindre écart, c'est un homme mort.

Je le relâche et il s'effondre dans son fauteuil.

Il a l'intelligence de ne rien répondre. Il n'a aucune excuse. Je vais le surveiller, encore plus que je ne le faisais déjà. Je ne ferai rien tant que je suis enfermé, mais une fois sorti, plus rien ne m'en empêchera. Il a intérêt de me prendre au sérieux !

Chapitre 21

Ambre

Ça doit faire quelques heures que je suis enfermée dans cette chambre.

La venue de Maxime m'a fait replonger dans mes souvenirs. La ressemblance entre aujourd'hui et il y a cinq ans est trop grande, trop frappante. Il se trouve dans tous les cas à mon chevet. Sauf qu'aujourd'hui, je ne veux plus le voir. Il m'a fallu beaucoup de temps pour le comprendre, mais j'ai enfin réalisé qu'entre nous deux, c'était terminé.

Cinq ans plus tôt.

Une douleur fulgurante éclate en moi et soudain mes yeux s'ouvrent en grand. J'essaie de bouger, sauf que tout mon corps me fait souffrir. Je ne sais pas où je me trouve et ne me souviens plus de ce qu'il s'est passé. Tout est flou dans mon esprit.

J'observe ce qui m'entoure et découvre une machine qui émet des bips réguliers alors qu'une perfusion est accrochée à ma main. Je me trouve dans une pièce qui m'est totalement inconnue.

Soudain, la porte s'ouvre sur une femme en blouse blanche. Elle sourit lorsqu'elle me voit éveillée. Depuis combien de temps suis-je là ?

— Bonjour Ambre...

Comment connaît-elle mon prénom ? Je ne me souviens pas d'elle ! Ma bouche est pâteuse alors que ma gorge me brûle lorsque j'essaie de lui parler.

Comprenant sûrement, elle approche un verre d'eau que j'attrape maladroitement. Je me sens si faible...

— Comment vous sentez-vous ?

Très mal ! Je cherche une partie de mon anatomie qui ait l'air à peu près en bon état.

Je secoue la tête pour lui faire comprendre que ça ne va pas et elle s'approche de la perfusion pour faire couler un peu plus le liquide qui entre dans mes veines. L'effet est très rapide et bientôt, je sombre dans l'obscurité sans plus aucune sensation.

Un cauchemar me réveille. Une feuille entre mes mains, un désespoir que rien ne peut atténuer et une décision. Mettre fin à ma vie, à cette existence qui n'en vaut pas la peine.

À mon réveil, je suis surprise par une main qui tient la mienne. Sa chaleur est réconfortante, jusqu'à ce que je pose les yeux sur l'homme à qui elle appartient. Tout me revient en pleine tête. Le bébé, sa lettre, son abandon, la fenêtre, mon corps qui s'écrase au sol.

Comment se fait-il que je sois encore en vie ?

Je tire sur ma main, son contact est trop douloureux.

Maxime sursaute et redresse la tête en capturant mes yeux dans les siens.

— Ambre... J'ai eu si peur !

Une larme roule sur sa joue et toute sa tristesse m'envahit. J'essaie de résister, d'ignorer ses sentiments, mais c'est difficile. Il est si près et je l'aime tellement ! Et s'il avait changé d'avis ? S'il était revenu pour moi ? Un mince espoir fait palpiter mon cœur. Se pourrait-il qu'il me choisisse au lieu de son travail ?

Il n'essaie plus de me toucher et garde une certaine distance. Il fait quelques pas dans la pièce, l'air mal à l'aise.

— J'ai fait une grosse erreur en ne te laissant que cette lettre. J'aurais dû t'expliquer. Je m'en veux tellement.

Moi aussi je suis en colère contre lui. Il m'a abandonnée avec un simple bout de papier, comme si je ne méritais rien d'autre. Mais je suis prête à lui pardonner, à passer au-dessus de ça s'il veut encore de moi.

— Tu vas rester ? soufflé-je faiblement.

Il passe une main nerveuse sur son visage avant de revenir vers moi.

— Le temps que tu sortes de l'hôpital, mais ensuite, je devrai partir.

Mon cœur s'emballe et ma respiration devient sifflante, il s'en va quand même ! Alors pourquoi suis-je vivante ? À quoi bon ?

J'essaie de me redresser, mais la douleur parcourt mon corps, sauf que je ne peux pas rester ici. J'appuie sur mes bras et découvre que l'un d'eux est plâtré lorsque soudain un mal de ventre terrible me terrasse. Je porte aussitôt une main à celui-ci et me souviens du seul bonheur que la vie m'a accordé, de ce petit être qui est le symbole de notre amour. Malgré moi, mes larmes coulent, brouillant ma vue.

— Le bébé…, demandé-je, alors que mon instinct me souffle qu'il n'est plus là.

Maxime prend une profonde inspiration et secoue la tête. Mon souffle se coupe, je ne peux pas supporter cette souffrance qui m'envahit, c'est trop.

Maxime se penche sur moi pour m'entourer de ses bras et me serrer fort contre lui. J'ai envie de le repousser, de le haïr, mais à cet instant, c'est moi que je déteste. C'est de ma faute, je n'ai pas réfléchi, j'ai été bête et j'en paie les conséquences. Après tout, je le mérite.

Maxime a bien fait de me quitter, de s'éloigner, je suis une bonne à rien, à qui le bonheur est interdit.

Je finis par le repousser. Je dois arrêter d'être égoïste et le laisser faire sa vie, loin de moi.

Je l'aimerais toujours, mais je ne peux pas lui imposer mon malheur.

— Va-t'en.

Il fronce les sourcils et croise les bras.

— Il est hors de question que je te laisse comme ça Ambre. Que tu le veuilles ou non, je resterai le temps qu'il faudra.

Ne voit-il pas qu'il perd son temps ? Finalement, il avait raison de me fuir, il aurait dû me laisser sans se retourner. Il mérite mieux, une femme qui n'a pas un passé aussi compliqué et qui pourra prendre soin de lui, ce qui est à l'heure d'aujourd'hui, impossible que je fasse.

Il a une opportunité, qui se trouve malheureusement loin de moi, mais je dois le laisser partir. Mon cœur se fend en deux et je ne sais pas comment je vais faire pour le supporter. Depuis des années, il est devenu mon pilier, la personne la plus importante de ma vie, celle qui m'aide à affronter mes journées... Sans lui, je suis perdue, mais je ne peux plus lui infliger mon fardeau.

Par chance, ma chute n'était pas très grave. En dehors d'un bras cassé et de quelques ecchymoses, la seule conséquence dramatique fut la perte de mon bébé.

Maxime m'en a voulu, il n'a pas compris pourquoi je ne lui avais rien dit, sauf que je ne le savais pas avant qu'il ne me quitte. Les choses sont ainsi faites, on ne peut plus revenir en arrière. Cette perte est terrible, mais même en connaissant la conséquence, je ne sais pas si je reviendrais en arrière. Comment aurais-je pu élever un enfant alors que je suis incapable de me gérer seule ?

Grâce à son statut de psychiatre, Maxime a réussi à me faire sortir de l'hôpital. Un de ses confrères voulait me faire interner, j'ai eu de la chance.

— Tu es prête ?

Je hoche la tête et le suis dans les couloirs jusqu'à sa voiture. Il m'aide à m'installer avant de prendre la route.

Il me ramène à son appartement, celui où j'ai vécu les meilleurs moments de ma vie, mais qui aujourd'hui est synonyme de douleur.

Il ouvre la porte, sauf que je n'arrive pas à franchir le seuil. Tout me revient comme si ça se produisait à l'instant. Toutes les pensées qui m'assaillent sont emplies de joie et de désespoir.

Maxime m'a offert un moment de répit dans ma vie tumultueuse et je ne l'en remercierais jamais assez. Il en mérite à son tour...

— Viens Ambre, je suis là, avec toi, tout va bien se passer.

Je sais déjà que ce ne sera pas le cas, mais je respire longuement et finis par m'avancer vers lui.

Mon regard se pose aussitôt sur la baie vitrée qui me sépare de la terrasse, sauf que je n'ai pas le temps de m'y attarder. Maxime me prend entre ses bras pour me serrer contre son torse et je ne peux que profiter de cet instant. Son odeur qui m'entoure me réconforte.

Sans que je m'y attende, ses lèvres capturent brutalement les miennes. Je suis surprise, je ne pensais pas qu'il avait encore envie de moi après tout ce qui s'est passé. Ses mains descendent le long de mon corps, me caressant longuement. J'attrape son visage d'une main pour ne pas qu'il s'en aille, j'ai tellement besoin de lui !

Notre étreinte dure de longues minutes, mais trop peu à mon goût. Je passerais l'éternité avec lui si c'était possible.

Il se recule pour m'entraîner vers la chambre. Une excitation particulière me parcourt. Je ne pensais plus jamais pouvoir profiter de lui, de son corps. Il me déshabille rapidement et en fait de même avant de m'allonger sur le lit.

Il pose un doigt entre ma poitrine et descend lentement jusqu'à mon intimité. Je le veux. Je le désire plus que tout !

— Je ne peux pas te résister, mais cette fois, je vais y être obligé. Le médecin a dit qu'il fallait attendre pour avoir des relations...

Je me fous des recommandations, j'ai besoin de lui tout entier. Il n'a pas le droit de me laisser dans cet état !

— Viens Maxime, je t'en supplie.

Il continue de caresser mon corps jusqu'à ce qu'il vienne placer son visage près de mon intimité.

Un mois s'est passé depuis mon réveil à l'hôpital et par chance les saignements se sont arrêtés il y a deux jours.

Sa bouche se pose sur mon bourgeon et la sensation est trop intense. Il écarte mes cuisses pour pouvoir se faufiler plus bas. Mon corps tremble d'anticipation. Sa langue m'explore alors qu'un de ses doigts me pénètre lentement. Il ne va pas très loin, mais c'est déjà trop. Mon orgasme explose en même temps qu'un cri m'échappe.

Je l'aime tellement que je ne sais pas le décrire.

— Maxime, j'ai besoin de ton corps emboîté dans le mien, de cette union, pitié.

Son regard est perdu alors je pose ma main sur sa joue pour le ramener à moi.

— Ambre...

Je sais qu'il est contre, qu'il ne veut pas me blesser, mais je sens au plus profond de moi qu'après cette soirée, les choses seront différentes. Je veux profiter de lui, une dernière fois.

Il hésite alors je ne lui laisse pas le choix. Je le pousse à s'allonger et me mets aussitôt à califourchon sur lui avant de m'empaler sur son sexe dur.

C'est douloureux, mais je m'en fiche. Je bouge sur lui, comme si ma vie en dépendait. Il attrape mes hanches pour m'y aider et me fait jouir comme seul lui sait le faire.

Cette nuit fut merveilleuse, jusqu'à ce que je comprenne que je l'aimais trop pour le garder auprès de moi. Il avait un projet, il devait le réaliser.

Mais je me suis promis de le retrouver, quoi qu'il m'en coûte.

Je ferai tout ce qui se trouve sur la liste. Je veux devenir une personne forte et indépendante, comme il le mérite.

De nos jours

Elias frappe à la porte alors que j'attends assise sur le bord du lit.

— Bonjour Ambre.

Je lui réponds par un hochement de tête. Je n'ai pas envie de parler.

La psychiatre est venue me voir et j'ai dû expliquer mon geste. Je ne lui ai rien raconté sur Maxime ni sur Jared, je n'ai pas envie d'être éloignée de l'un ou de l'autre. Mes raisons diffèrent, mais la finalité est la même.

— Je vais t'accompagner au centre, tu te sens de marcher jusque là-bas ?

Je me lève pour rejoindre la porte et le suis à travers les couloirs.

Je cours presque pour sortir d'ici et lorsque je sens l'air sur ma peau, le soleil qui réchauffe mon corps, je me sens bien. Enfin depuis des jours, j'oublie les contrariétés. Je penche la tête en arrière et respire longuement. J'en profite car je sais qu'après aujourd'hui, je vais rester enfermée un long moment...

Une main se pose sur mon épaule et je m'en dégage aussitôt en revenant au moment présent.

— Nous devons y aller Ambre.

Je le sais, mais je n'ai aucune envie d'y retourner. Cet endroit m'est hostile. Malgré tout, je le suis. J'ai bien pensé à m'enfuir en courant, mais je n'irai pas bien loin avant qu'il ne me rattrape.

Nous franchissons les quelques mètres qui nous séparent de l'établissement et rejoignons le centre.

Je me rappelle mon arrivée et ma joie de savoir que Maxime se trouvait à quelques mètres de moi. Cette fois-ci, c'est totalement différent.

Il y a cinq ans je l'ai laissé partir pour qu'il puisse évoluer professionnellement, pas pour qu'il se marie et ait des enfants avec une autre.

— Tu veux te reposer dans ta chambre ou rejoindre les autres ?

Je préférerais m'isoler, mais j'ai peur de trouver quelque chose dans ma chambre qui fasse remonter des choses en moi. Je me sens fragile et je sais que je succomberais à la tentation comme je l'ai fait avec cette pilule et les ciseaux.

— Je préfère aller dans la salle commune.

Elias penche la tête sur le côté et me fixe.

— J'ai bien compris que tu ne voulais rien me dire, mais si tu as besoin, je suis là. Je sais qu'être enfermé ici n'est pas forcément une partie de plaisir, tu as le droit de t'en plaindre, alors n'hésite pas à venir me voir.

Cet homme est gentil. Parfois, je me demande s'il fait juste très bien son boulot ou s'il y a plus. Jared a l'air de lui faire confiance, alors peut-être que c'est un homme bien, rempli de compassion.

Il n'attend pas que je réponde pour remonter le couloir. J'en fais de même jusqu'à ce qu'il ouvre la porte.

Toutes les têtes se tournent vers moi et j'ai à peine le temps de voir Mely se jeter sur moi que nous basculons. Nous nous écrasons au sol alors qu'elle me sert fort contre elle. Je peux à peine respirer et essaie de me dégager, sauf qu'elle me tient trop fermement.

Ce sont deux soignants qui doivent la dégager. Je me redresse et sens des douleurs un peu partout dans mon corps. Le carrelage a gagné la manche contre moi.

Elias m'aide à me relever et mes yeux tombent sur un homme que je préférerais éviter.

Jared est debout, les bras croisés en observant la scène. Son regard est glacial. J'aimerais dire que je le déteste, que je ne suis pas heureuse de le voir, mais ce serait mentir. Je ne sais pas comment il a fait, mais j'ai envie de lui parler, envie d'être près de lui. Je dois me retenir, il ne le mérite pas. Il m'a dit des choses exécrables et je ne peux pas tout lui pardonner comme ça.

Je reporte mon attention sur Mely qui a un immense sourire. Je le lui rends et m'approche d'elle doucement alors qu'un soignant retient ses mouvements.

— Je suis contente de te revoir, soufflé-je.

— Ambre, Ambre, Ambre.

Je secoue la tête pour lui dire que je suis bien là, que je suis revenue.

Et comme si rien ne s'était passé, elle retourne s'asseoir à sa table et attrape un de ses crayons pour continuer son dessin.

Tout le monde reprend ses activités, je ne me sens pas à ma place. J'aimerais aller me poser contre la vitre, sauf que Jared s'y trouve. Je suis certaine qu'il va vouloir discuter, sauf que je ne m'en sens pas capable. Je ne lui résisterai pas, j'en suis sûre.

Je fais quelques pas dans la pièce et vais prendre un verre d'eau. Sauf que je sens une présence dans mon dos et son odeur m'enivre. Je ferme les yeux pour respirer longuement, il m'a manqué. Malgré tout, ses mains sur moi, sa bouche sur la mienne, sont les seules choses que je veux à cet instant. Sauf que je ne dois pas céder.

Je me retourne et trouve Jared presque collé contre moi.

— Qu'est-ce que tu veux ?

Ses yeux parcourent mon visage.

— M'excuser. Je n'aurais pas dû te dire ces choses, j'étais en colère et j'ai dit n'importe quoi.

Je ne lui fais plus confiance. Il peut se jouer de moi. Je l'ai aidé et lui, il m'a menti, ça ne recommencera pas.

— Trouve quelqu'un d'autre avec qui faire mumuse. Moi c'est terminé.

Je passe à côté de lui, sauf qu'il attrape mon bras pour m'empêcher d'avancer.

— Ambre…, grogne-t-il.

J'ai bien remarqué qu'Elias me surveillait, alors je sais qu'il interviendrait si jamais je me débattais, mais en ai-je réellement envie ?

— Tu as des remords Jared ? C'est un peu tard pour y penser non ? Tu m'as fait mal, plus que je ne le pensais possible. Je ne veux plus de ça alors lâche-moi.

Il relâche mon bras et se recule d'un pas. Sa chaleur me quitte et un sentiment d'abandon s'empare de moi. C'est irrationnel, car il est encore tout près, mais pas assez à mon goût.

— C'est moi qui t'ai trouvée par terre au milieu d'une mare de sang. Tu étais à peine consciente et d'un coup, ton coeur s'est arrêté. Je t'ai crue morte, j'étais en train de te perdre et j'ai réalisé que je ne le voulais pas.

Je cligne des yeux pour saisir le sens de ses mots. Je suis tellement surprise par son émotion, c'est comme s'il revivait la scène. Je n'ai pas de souvenirs précis de ce qui s'est passé après que je me sois coupée. Je ne me rappelle pas qu'il m'ait secourue…

— Merci d'avoir été là…, lancé-je en m'avançant vers lui.

Mes doigts se posent sur son torse et tracent ses muscles jusqu'à son ventre ferme. Son regard se voile de désir. Je m'humecte les lèvres avant de me mettre sur la pointe des pieds pour susurrer à son oreille :

— Mais je n'ai pas besoin d'un sauveur. Je n'ai pas besoin de toi !

Chapitre 22

Jared

Je ne peux m'empêcher de sourire devant sa détermination. Elle est mignonne, mais je ne vais pas la laisser faire aussi facilement.

Elle se tourne pour rejoindre la table de sa copine, me plantant là.

Je ne cours pas après une femme, alors pourquoi ai-je envie de la rejoindre et de l'embrasser ? Je deviens fou.

Elle a une mauvaise influence sur moi. Je ne m'attache plus, à personne, c'est trop douloureux. Je ne sais pas gérer la perte, ce qui arrive à chaque fois. Tout le monde s'en va un jour, sauf que je ne le supporte plus et ma solution est de ne plus tenir à quiconque. Sauf qu'Ambre... Je la veux. Pas seulement physiquement, je veux entrer dans son monde. Elle ne se dévoile pas facilement. Je sais que je suis mal placé pour dire ça, mais elle m'intrigue d'autant plus.

Je l'observe de loin. Je me moquerais presque de moi-même tellement c'est ridicule. Il va falloir que nous ayons une discussion. Ce qu'elle a fait n'est pas anodin, et je ne sais pour quelle raison, je n'arrive pas à me la sortir de la tête.

Différents ateliers s'organisent, mais ils ne m'intéressent pas, alors je reste en retrait. Elias focalise son attention sur Ambre qui sourit à tout le monde et discute comme si rien ne s'était passé. Sa façade est de retour et j'ai n'ai qu'une envie : la faire disparaître pour voir la femme brisée qui se cache en dessous.

— Qu'est-ce qu'elle a de plus ? souffle Rebeca dans mon dos.

Tellement de choses... Elle est sublime, tentatrice, intelligente, pleine d'empathie. Je stoppe net mes réflexions qui m'emmènent sur une pente dangereuse.

— Rien que tu ne puisses un jour égaler.

Rebeca prend une profonde inspiration avant de s'avancer à côté de moi.

— Toi aussi tu couches avec elle ? Elle se fait tous les mecs de cet hôpital ?

La jalousie est un vilain défaut. Rebeca n'est pas méchante, elle est juste contrariée de ne plus être le centre d'attention. En comparaison, il est clair qu'Ambre n'a rien à voir avec elle. Elle est magnétique, comme si elle dégageait quelque chose qui nous oblige à nous arrêter sur elle. C'est inexplicable et assez déstabilisant, mais elle éclaire une pièce rien que par sa présence.

Je me lève de ma chaise pour aller prendre un café. J'ai besoin de m'occuper et d'arrêter mes divagations.

Soudain, Ambre éclate de rire et je reporte aussitôt mon regard sur elle. Elle capte mes yeux et les emprisonne en continuant de rire. Mon sang bouillonne alors que l'excitation monte en moi. J'ai envie d'elle !

Il faut que je me calme, que j'arrête mes délires.

Je repose mon gobelet et m'enfuis dans le couloir.

Quand elle a débarqué dans mon monde, je l'ai détestée. Elle me donnait une image d'elle trop sûre, trop excentrique alors qu'elle est tout l'inverse. Elle se cache derrière ça et maintenant que je l'ai compris, elle m'obsède.

Je marche sans but précis, juste pour ne plus la voir. Sa présence me fait dérailler et je ne peux pas continuer comme ça. Une fois que je serais dehors, j'ai un projet, un but, je n'ai pas le droit de l'oublier.

Ambre sera encore internée, nous ne pouvons pas vivre ainsi et je ne l'attendrai pas. Aucun avenir n'est possible. Je me frotte le visage, je ne sais même pas pourquoi j'y pense. C'est inutile de toute manière et même si j'aime à le croire, je ne suis pas certain que je l'intéresse. Elle n'a pas l'air d'arriver à passer sur sa relation avec Maxime. Je ne sais plus quoi faire pour qu'elle ouvre les yeux. Elle mérite de se débarrasser de ses sentiments pour lui.

— Tu te caches ?

Je sursaute en laissant retomber ma main pour voir une superbe brune me faire face. Ses yeux verts me détaillent alors que j'en fais de même. Son air joyeux a disparu et j'en suis content. J'aime qu'avec moi, elle ne fasse pas semblant.

— Qu'est-ce que tu fais là ?

— Je me balade... Les couloirs ne t'appartiennent pas, tu sais.

Sa repartie m'avait manqué. Je préfère nettement la voir comme ça qu'inerte au sol. Ce sentiment d'impuissance est difficilement oubliable.

— Pourquoi as-tu fait ça ? soufflé-je sans réfléchir.

Ses sourcils se froncent et je la vois se replier sur elle-même. Je sais que ça ne me regarde pas, mais je n'arrête pas de me poser la question. J'aimerais comprendre ce qui l'a fait prendre cette décision et peut-être quelque part, pour enlever une certaine culpabilité qui pèse sur mes épaules. Je m'en veux d'avoir agi comme je l'ai fait, même si à ce moment-là, ça me paraissait nécessaire. Mais tuer une femme pour pourrir la vie de quelqu'un c'est trop pour moi. Toute ma vie, j'ai tout fait pour sauver les autres et j'ai l'impression de me perdre dans un monde qui est à l'opposé du mien.

— Qu'est-ce que ça peut faire Jared ?

Elle se pose contre le mur et se laisse glisser jusqu'au sol. Elle entoure ses genoux de ses bras, le regard ailleurs. Je ne supporte pas de la voir comme ça et m'avance jusqu'à elle pour m'asseoir en face. Je veux pouvoir la fixer, lui donner un point d'ancrage.

— Je ne suis certainement pas la personne avec qui tu veux en discuter, mais je veux que tu saches que je suis désolé pour tout ce que j'ai dit ou fait. J'aurais dû réfléchir avant d'agir. Tu es un dommage collatéral, je n'aurais pas dû t'impliquer.

Tout à coup, elle éclate de rire. J'essaie de capter son regard avant qu'elle se redresse.

— Ce qui me fait mal c'est que tu n'aies pas confiance en moi. Si tu me l'avais demandé, j'aurais certainement dit oui sans que tu aies à me cacher ton but. On était une équipe et tu l'as joué en solitaire, ça me fait mal, vraiment. (Que puis-je lui répondre ? Elle a entièrement raison.) Pour une fois, je pensais que quelqu'un me considérait comme son allié, son égal et je me suis encore trompée. En fait, tu n'en as rien à foutre. Tu ne penses qu'à ta petite personne et bien, continue comme ça.

— Ambre…

— Non ! Tu voulais qu'on parle, je le fais ! Tu crois vraiment que je vais accepter tes excuses aussi facilement et te confier mes pensées juste parce que tu viens, la bouche en cœur, me dire que tu es désolé ? Je suis naïve et idiote, mais jusqu'à un certain point. Qu'est-ce que tu attends de moi ?

Je m'y suis mal pris, je l'avoue, mais je ne fais jamais ce genre de choses, je suis novice.

— Rien. Je ne veux simplement plus jamais te trouver en arrêt cardiaque, ta vie entre mes doigts.

Elle cligne des yeux en se détachant de mon regard.

— Je ne me souviens pas de tout.

Je pose une main sur les siennes. Son contact me rassure, sa peau chaude et son pouls bat, c'est tout ce que je souhaite.

— Je t'ai trouvée par terre, un bout de verre dans la main. Tu as parlé avant que ton cœur s'arrête.

Elle remue en fronçant les sourcils.

— Il y avait des ciseaux... Dans la salle de bain. Ils étaient posés là, comme la pilule l'autre fois.

Qu'est-ce qu'elle raconte ? Je n'ai vu aucune paire de ciseaux. J'étais inquiet en voyant son état, mais s'il y en avait eu, je l'aurais vu quand même !

— Tu es sûre ?

Elle me repousse pour se relever, mais je la rattrape avant qu'elle ne s'en aille, en me levant à mon tour.

— Tu ne me crois pas ! Lâche-moi !

— Ambre, arrête ! Je cherche juste à comprendre. Comment se peut-il que des choses apparaissent dans ta chambre ? La seule chose que j'ai vue était un morceau de verre ensanglanté dans ta main qui venait certainement de la vaisselle que tu as cassée.

Elle secoue vivement la tête

— Je ne suis pas folle Jared !

Des larmes coulent sur ses joues et je ne le supporte pas. Je l'attire dans mes bras pour la serrer contre moi.

— D'accord Ambre, je te crois.

Ses sanglots sont de plus en plus violents et je ne peux pas m'empêcher de m'inquiéter. Je n'ai pas envie qu'elle retente quoi que ce soit contre elle-même.

— Tu veux aller dans ma chambre ? Ce sera mieux que dans le couloir.

— Pour quoi faire ? Ne crois pas que cet instant de faiblesse, t'autorise à poser de nouveau tes mains sur moi.

— Et si je veux poser autre chose que mes mains ?

Elle me repousse, une main sur mon torse alors qu'un petit rire lui échappe.

Je sais qu'elle est encore triste, mais j'aimerais la distraire. J'ai conscience de trop m'investir auprès d'elle, sauf que je n'arrive pas à mettre de distance, au contraire. Plus je passe de temps avec elle et plus j'en veux. Elle me perturbe davantage que je ne veux l'admettre et surtout plus que de raison.

— Je ne viendrai que si tu me racontes quelque chose sur toi.

Je n'aime pas parler de moi. Mes histoires ne regardent personne d'autre.

— Ma couleur préférée c'est le vert, comme tes yeux.

Elle passe une main sous ses yeux, effaçant les dernières traces de ses pleurs avant de me fixer.

— Tu te fous de moi ?

J'éclate de rire. Ses prunelles sont magnifiques, mais effectivement, je voulais juste lui changer les idées.

— Bon OK, c'est le rouge.

Ambre pince les lèvres en croisant les bras.

— Tu sais plein de trucs sur moi, alors que tu ne me dis rien de ta vie. Ça doit aller dans les deux sens.

— J'étais alcoolique.

Je referme la bouche, c'est sorti tout seul, bien plus vite que je ne le voulais.

Elle penche la tête, essaie de me sonder, sauf que je lui en ai déjà dit bien trop. Elle m'a parlé de son addiction et j'avoue que je me suis un peu retrouvé en elle. Je sais ce que ça fait de devoir arrêter, devoir se sevrer et malgré tout ça, l'envie ne nous quitte pas. Les sensations que ça nous procure sont trop ancrées dans nos esprits et dans nos corps. C'est l'une des choses qui m'effraient le plus en retournant à ma vie. Serai-je capable de résister ? Ici, le problème ne se pose pas, nous sommes protégés des tentations. Mais à l'extérieur, l'alcool sera partout.

— Bon alors, on y va ? me sort Ambre de mes esprits.

Elle m'emboîte le pas en remontant le couloir jusqu'à s'arrêter devant la porte de ma chambre.

Ce n'est pas forcément très raisonnable de nous enfermer dans ce petit espace, avec un lit... Je n'ai rien oublié de la dernière fois où elle s'y est trouvée. Comment pourrais-je occulter son odeur, son goût, ses gémissements...

Je l'entoure de mon corps pour attraper la poignée. Je suis plus grand qu'Ambre et ai une vue parfaite sur le haut de sa poitrine. Je devrais me détourner, être raisonnable, sauf qu'elle se recule légèrement, se frottant contre moi. Je serre les dents, mais mon membre ne m'obéit plus et se tend dans mon boxer. Nos tenues sont fines et elle sent forcément mon sexe en érection.

Je pousse la porte et elle se décale enfin pour entrer en affichant un grand sourire. Elle m'allume et moi je cours.

Je referme la porte et lorsque je me tourne, Ambre est torse nu, ses seins libres, ronds aux pointes tendues.

Je me frotte les yeux, j'hallucine !

Sauf qu'elle descend son pantalon, emportant sa culotte au passage. Son corps est encore plus strié de cicatrices et des bandages sont posés notamment sur ses cuisses. Je ne peux pas la toucher, je ne veux pas la faire souffrir. J'en ai mal de me retenir, mais je le dois. Je ne comprends pas ses intentions, elle m'en voulait tellement et là, elle se déshabille devant moi... Elle est insaisissable.

— Ambre..., soufflé-je.

— J'en ai besoin Jared. Ce que tu m'as fait l'autre fois... Je me suis sentie vivante.

Je dois me contenir, elle mérite mieux, je n'ai rien à lui apporter.

— Je vais bientôt sortir d'ici Ambre, nous deux, ça n'ira nulle part.

Son visage se décompose et je m'en veux, mais je dois être honnête.

— Je pensais... Tu es excité ?

— Bien sûr que oui, mais je ne veux pas que tu te fasses de faux espoirs ou que tu imagines qu'il y aura plus qu'une relation charnelle entre nous.

— Je ne suis pas stupide Jared. Je n'attends rien de toi, en dehors d'un orgasme.

L'entendre me dire ça, fendille ma retenue et je m'avance vers elle. J'ai tellement envie de sentir sa peau contre la mienne.

Je passe mes doigts sur ses bras jusqu'à arriver sur son visage pour m'emparer de ses lèvres. Ce goût particulier qui est le sien emplit ma bouche et ma langue se faufile pour attaquer la sienne. Un duel se met en place alors que je commence à enlever mes vêtements. Je n'ai aucune envie de me détacher d'elle, mais ça devient nécessaire lorsque je m'attaque à mon tee-shirt.

Je me recule légèrement et ne peux qu'admirer son corps nu si proche du mien. Je jette mon dernier vêtement un peu plus loin avant d'attraper Ambre par les hanches pour la coller contre mon membre dur.

Elle couine avant de passer une main entre nous et d'attraper mon sexe. Mon souffle m'échappe, j'ai besoin de la sentir m'envelopper, me prendre profondément en elle.

Mes doigts remontent le long de ses côtes jusqu'à sa poitrine. Ambre ne quitte pas mes yeux, la bouche légèrement ouverte. Je veux la dévorer, la faire mienne, mais je n'ai pas envie de la brusquer. Elle est encore blessée et je ne tiens pas à la faire souffrir.

— Prends ce que tu veux de moi, lui lancé-je.

Ses yeux pétillent, sauf qu'elle laisse tomber sa main le long de son corps. J'ai envie de la remettre sur mon sexe, ses caresses sont un puissant aphrodisiaque, mais je lui laisse les rênes.

— Allonge-toi sur le lit, m'ordonne-t-elle.

J'aime la voir dominatrice et souris en coin. Ce rôle lui va bien.

Je fais ce qu'elle me demande et pose mes mains sous ma tête tout en la dévorant des yeux. Je comprends très vite qu'elle feint l'assurance. Elle entortille ses doigts et hésite, mais je la laisse faire. Elle n'a pas dû avoir souvent l'occasion de prendre le pouvoir, sauf que c'est nécessaire. Elle doit décider par elle-même, devenir plus forte.

Ambre se déplace pour venir se mettre à califourchon au-dessus de moi. Son intimité me frôle et j'ai envie de l'attraper pour la pénétrer. Je ne sais pas comment je me retiens, mais si elle ne fait pas vite, ma patience va disparaître.

Elle trace des cercles sur mon torse et a l'air de m'imprimer dans son esprit.

— Je suis habituée à la brutalité, à la passion, mais avec toi c'est différent. Tu prends ton temps pour me découvrir, tu me laisses faire, tu es à part.

Une colère monte en moi, Maxime ne lui a jamais donné ça ? Mes poings se serrent et je résiste à sortir d'ici pour lui fracasser la gueule. Tout viendra en temps voulu, je dois me contrôler.

— Tous les hommes devraient se comporter comme ça Ambre.

Tout à coup, elle attrape mon membre et se positionne au-dessus avant de descendre lentement. Son fourreau qui me sert, sa moiteur qui m'enveloppe à la perfection, c'est le paradis.

Un soupir d'aise lui échappe avant qu'elle ne se penche pour m'embrasser. Elle continue sa descente jusqu'à s'asseoir sur moi. Je me retrouve entièrement en elle et c'est la plus agréable des sensations.

Ses va-et-vient me rendent fou, je la laisse prendre possession de moi et elle y prend du plaisir. Son souffle s'accélère alors que je sens son cœur battre vite contre mon torse. Je finis par attraper ses fesses pour me mouvoir en elle lentement, espérant lui faire perdre la tête. Mon mouvement frotte son clitoris et je sens son sexe se resserrer sur le mien. Un cri lui échappe et je me laisse aller dans la jouissance.

Nos corps sont en fusion, nous mettons de longues secondes à redescendre sur terre. J'aimerais rester comme ça, la garder entre mes bras, mais c'est impossible. Je n'ai pas le droit de lui donner de faux espoirs ni de laisser parler mes sentiments.

Bientôt tout sera fini et chacun prendra une voie opposée, c'est comme ça, je ne dois pas l'oublier.

Je caresse son dos alors que sa respiration s'apaise.

— Tu vas bien ? Tu n'as mal nulle part ?

Ambre se redresse avec un petit sourire.

— Si, mais ça valait le coup !

Elle se lève et je remarque tout de suite que du sang tache ses pansements, je vais prévenir Elias qu'il faut les lui refaire.

Ambre part dans la salle de bain et j'entends l'eau couler, j'aimerais la rejoindre, sauf que je dois mettre de la distance.

Je ramasse nos vêtements éparpillés pour les poser sur le lit et commence à m'habiller quand elle revient dans la chambre.

Ses cheveux bruns sont éparpillés autour de son visage et ses joues sont encore roses de nos étreintes, elle est tellement belle…

— On ferait mieux de retourner dans la salle avant que quelqu'un vienne nous chercher, lancé-je alors que nous finissons d'enfiler nos vêtements.

Elle acquiesce d'un signe de tête. Sortir d'ici mettra fin à quelque chose. J'aimerais continuer le temps que je suis encore dans le centre, mais ce ne serait pas raisonnable. Je n'ai pas envie qu'elle s'attache, comme je n'ai pas envie de m'attacher. C'est trop compliqué.

J'ouvre la porte et reste un instant bloqué. Charlotte se trouve devant moi, la main en l'air, prête à frapper contre le battant.

Je n'ai pas le temps d'ouvrir la bouche qu'Ambre s'avance.

Ma sœur nous détaille l'un l'autre avant de se reculer.

— Je ne voulais pas vous déranger. Jared, si tu as le temps, j'aimerais te parler.

Ambre s'avance dans le couloir, j'essaie de la retenir, mais quand elle passe devant Charlotte, j'entends clairement ce qu'elle lui dit.

— Maxime est un bon coup, mais Jared… C'est incomparable.

Charlotte ouvre de grands yeux pour détailler cette femme qui vient clairement de lui annoncer que son mari la trompe. La peine qui ravage son visage est immense et me touche au plus profond de mon être. Ambre n'avait pas le droit de faire ça !

Cette dernière se faufile dans le couloir, laissant le chaos derrière elle. Malgré toute l'attirance que j'ai pour elle, ça ne va pas se passer comme ça !

À suivre...

Remerciements

Merci infiniment à vous qui venez de finir ce premier tome. J'attends vos retours avec impatience.

Comme toujours, c'était un énorme plaisir d'écrire cette histoire. Ambre me possède et je suis ravie de vous raconter son histoire.

J'espère vous avoir donné envie de poursuivre ses aventures.

Je remercie Ju qui a pris un temps fou pour me faire un super montage pour ma couverture. Merci de n'avoir rien lâché.

Je remercie Aurore pour sa correction et ses relectures, ainsi que pour son soutien quotidien.

Je remercie Audrey qui a commencé la correction. Nos chemins se sont séparés, mais merci pour tout.

Merci à mes betas lectrices, Nadia, Sandrine, Aurélie, Ju et Aurore. Merci de me supporter chaque jour et vos avis toujours avisés, vous êtes vraiment au top du top.

Je remercie toutes les chroniqueuses qui ont bien voulu de mon livre. Merci pour le soutien que vous nous apportez.

Merci à mon mari d'accepter toutes ces heures passées sur mon ordinateur. Je t'aime mon amour.

Merci à ma maman qui est toujours derrière moi. Qui me demande toujours des nouvelles de mes histoires. Je t'aime très fort.

Et enfin merci à mon bébé chien qui est toujours fidèle à lui même. Toujours à mettre ses peluches sur mon clavier, mais que j'aime tellement.

N'hésitez pas à mettre votre avis sur le site de vente. C'est vraiment important pour chaque auteur. Merci d'avance pour ces quelques minutes prises pour ça.

Si l'envie vous en dit de venir discuter avec moi, n'hésitez pas à me contacter sur ma page Facebook à mon nom ou par mail : thaniaodyne@gmail.com.